KB029871

반짝이는 박수 소리

반짝이는 박수 소리

이길보라 지음

문학동네

차례

개정판 서문 6

프롤로그 태초의, 당신에게 9

7년 만에 개정판을 내게 되었다. 개정판을 내기에 그리 긴 시간은 아니지만 그동안 한국 사회도 나도 많이 변했기 때문이리라.

　2014년에 농인 부모의 세상을 딸이자 감독의 시선으로 담은 영화 〈반짝이는 박수 소리〉를 만들었다. 영화 속 이야기와 영화로는 미처 풀지 못했던 이야기, 영화를 만들면서 마주했던 일들을 담아 동명의 책으로 출간했다. 영화제와 공동체 상영, 극장 개봉 등을 통해 관객을 만났다. 2020년에는 일본에서 책이 번역되어 출간되기도 했다.

　글을 쓰고 영화를 만드는 것은 나만의 언어를 찾는 과정이자 동시에 고요의 세계와 소리의 세계를 오가는 코다* 정체성을 발견하는 여정이었다. 영화와 책을 통해 만난 관객 및 독자와의 대화를 통해 서로의 다름을 이해해나갔다. 창작 과정만큼 기쁘고 흥미로웠다.

이후 글을 쓰고 영화를 만들며 계속해서 목소리를 내왔다. 그리고 2022년 지금, '장애'와 '다양성'이 한국 사회에 새로운 지형을 만들어내는 상황을 목도한다. 그룹 BTS가 국제수어를 차용한 안무를 사용하며 수어와 농인에 대한 관심이 전 세계적으로 폭발했다. 요구하고 주장해야만 제공받을 수 있던 수어·문자통역을 이제는 어렵지 않게 볼 수 있게 되었다. 최근에는 〈코다〉라는 제목의 영화가 미국 아카데미에서 3관왕을 수상하며 큰 화제가 되었다. 나는 한국 코다들의 모임이자 네트워크인 코다코리아의 대표가 되었다. 만감이 교차한다.

그러나 이는 차별과 갈라치기의 재료가 되기도 한다. 최초 발의 후 15년 동안 본회의 문턱을 넘지 못했던 차별금지법은 심사 기한이 연장되어 국회 법제사법위원회에서 계류중이다. 장애인단체의 이동권 시위에 대한 혐오를 조장하는 세력도 엄연하다. 차이가 차별이 되기도 하고 각자의 고유성으로 존중받기도 하는 양 갈래의 길목에 서 있다.

---

* CODA, Children of Deaf Adults의 줄임말로 청각장애를 가진 농인 부모의 자녀를 일컫는 말.

그런 시공간에서 다시 한번 이야기의 힘을 믿어보고자 한다. 입술 대신 손으로 말하는 부모와 그에게서 자랐던 이야기가 당신이 몰랐던 또다른 세상을 만나는 출발점이 되기를 바란다. 그 무엇보다 한없이 반짝이고 아름다운 세계로 여러분을 반짝이는 박수 소리로 초대한다.

2022년 5월
이길보라

프롤로그:
태초의, 당신에게

입술 대신 손으로 말하고 사랑하는 부모에 관한 다큐멘터리 영화 〈반짝이는 박수 소리〉를 상영한 후의 일이다. 관객 중 한 명이 손을 들었다.

"부모님이 자식 교육을 잘 시켰다는 생각이 드는데요. 부모님만의 특별한 교육 철학이 있었나요?"

영화의 주인공으로 무대에 섰던 엄마는 당황한 표정을 지었다.

"나한테 하는 질문? 어떻게 교육했다? 아⋯⋯"

객석에 앉은 관객들의 시선이 엄마에게로 쏠렸다. 나는 마이크를 들고 엄마의 수어[*]를 입말로 옮겼다.

"아이가 어릴 때 그림책을 많이 읽는 것이 좋다고 해서 저도 그림책을 사서 보라에게 읽어주었어요. 수어로 호랑이, 어흥. 호랑이가 어슬렁어슬렁 조용히 다가와 '어흥!' 하고 깜짝 놀래면 아이에게 수어로 내용을 설명해주고. 보라는 호랑이를 너무 너무 무서워하면서 이야기를 재밌게 들었어요. 많은 책을 함께 읽고 보았죠. 보라가 어렸을 때 수어는 잘했지만 또래 친구들에 비해 말은 잘 못하는 편이어서 어린이집에 보냈어요. 다른 아이들이 학교에 가면 보라도 학교를 보내고, 그랬습니다."

엄마는 황급히 말을 줄였다. 질문을 한 관객은 여전히 궁금한 표정이었다. 무언가 이렇다 할 교육 철학, 특별한 교육법 같은 것을 기대한 것 같았다. 나는 엄마 대신 말을 꺼냈다.

태초에 말이 있었다. 그러나 나의 언어는 다른 사람의 것과는 달랐다. 나는 우주의 수많은 행성 중 지구라는 별에서 태어났다. 별에는 여러 개의 대륙이 있었는데 내가 태어난 곳은 넓

---

[*] 한국 사회에서 '수화'라는 단어가 널리 사용되어왔으나, 2015년 수화를 한국 공식 언어로 제정하라는 내용의 '수화기본법' 운동이 시작되면서 '수화' 대신 '수어'라는 용어를 채택하여 사용하게 되었다. 2016년 2월 3일에 제정된 '한국수화언어법'에 따르면 '한국수어'는 '한국수화언어'를 줄인 말로, 한국어나 영어와 같은 독립된 언어라는 의미를 담고 있다. 한국수어는 한국어와는 문법 체계가 다른, 대한민국 농인의 고유한 언어다. 본문에서는 '한국수어' '수어'라는 용어를 사용하지만 '한국수화언어법'이나 '국가공인 수화통역사 자격증' 같은 고유명사는 지정된 표기법을 따른다.

은 대륙의 끄트머리였다. 그곳은 지구상의 유일한 분단국가였기에 배나 비행기를 타지 않으면 국경을 건널 수 없었다. 섬 아닌 섬이었다.

나는 사람들이 빽빽이 모여 사는 도시의 언저리에서 우렁차게 소리를 질렀다. 의사는 내 몸을 보고 '여성'이라고 차트에 기입했다. 엄마는 눈도 채 뜨지 못한 나를 보고는 자신의 볼에 검지를 대고 앞쪽으로 돌렸다. '예쁘다'라는 수어였다. 엄마의 엄마를 비롯한 식구들은 나를 보고 못생겼다고 말하며 혀를 찼다. 그러나 엄마는 연신 볼에 검지를 대고 손가락을 앞으로 돌렸다.

나는 수많은 차이들 사이에서 태어났다. 그것은 차별의 이유가 되었다. 이를 어떻게 받아들여야 할지, 고개를 갸우뚱하면 엄마는 "말 못하는 게 부끄러워?" 하고 말했다. 엄마는 태연한 표정으로 부끄러워하지 않는 사람이 되어야 한다고 했다. 나는 부끄러움이라는 감정을 알기 전에 엄마를 부끄러워하면 안 된다는 것부터 먼저 배웠다. 그러나 사람들은 엄마를, 엄마의 고요한 세계를 부끄러워했다.

나는 세상 사람들에게 엄마의 세계와 당신의 세계 사이에 어떤 차이가 있는지 설명했다. 나와 당신이 어떻게 다르고 이 세계와 저 세계는 어떻게 다른지 말하고 또 말했다. 그러나 기존의 언어로 나의 세계를 설명하는 데는 한계가 있었다. 음성언어로 시각언어를 설명하는 일. 눈썹의 미세한 떨림이 곧 언어인 세계를 입말로 표현하는 것은 쉽지 않았다. 나의 언어를 찾아야 했다.

엄마의 뻔뻔함을 가지고 생을 마주했다. 수많은 차이들 사이에 수많은 이야기가 있었다. 한 겹 두 겹 벗겨내며 입을 열었다. 손가락과 눈썹과 이마 사이의 근육을 움직였다. 자연스럽게 이야기꾼이 되었다.

언어를 찾는 과정은 고단했다. 당신과 나 사이에 차이와 차별이 있었다. 나만의 언어로 나를 설명하는 법을 찾아야 했다. 이곳이 아닌 저곳, 저곳이 아닌 그곳을 찾아 길을 떠났다. 길목에서 만난 이들의 생은 나의 생과 달랐지만 종종 비슷했다.

열여덟 살에 다니던 학교를 그만두고 동남아시아를 여행할 때도, 열아홉 살에 스스로를 길에서 배우는 '로드스쿨러'라 부를 때도, 로드스쿨러 친구들과 고글리*를 만들어 함께 글을 쓸 때도, 나보다 앞서 연대하고 투쟁했던 언니들을 만날 때도, 영화를 만들며 자신의 생을 명징하게 들여다보는 이들을 마주할 때도, 언제나 사람들이 있었다. 앞서거니 뒤서거니 하며 함께 걸어갈 이들이었다. 나는 다시 한번 숨을 골랐다.

언젠가 친척 중 하나가 남들은 다 직장에 다니는데 그만 놀고 돈을 벌어야 하지 않겠느냐고 말했다. 무례함에 어쩔 줄 몰

---

* '고정희청소년문학상에서 만나 글도 쓰고 문화 작업도 하는 사람들의 마을(里)'의 줄임말. 1020 여성문화작업자연대.

라 하자 엄마는 말했다.

"좋은 글을 쓰고 좋은 영화를 만들려면 여행을 많이 해야지. 신경쓰지 말아라."

엄마의 언어는 누구의 것보다 명징했다. 배 아파 낳은 자식이 당신의 것과는 다른 언어를 지녔음을, 그 다름을 찾아 걸어가고 있음을 아는 당신. 이 모든 걸 인지하고 받아들이기까지 당신은 얼마나 많은 것을 내려놓아야 했을까. 그 덕분에 돌아갈 수 있었다. 각자의 생을 따로 또 함께 살아간다는 것을 선험적, 혹은 경험적으로 알고 있는 당신에게로 말이다.

내가 어디서 무엇을 하든 생의 차이를 발견하고 드러내는 일을 하고 있다고 굳게 믿는 당신. 차이를 오롯이 마주해야 한다고 가르친 당신. 나는 이번 생의 시간을 당신과 나의 세계를 설명하는 데 모두 사용할지도 모르겠다. 언어를 찾는 데 말이다. 어쩌면 이것까지도 모두 알고 있을, 그렇기에 겸허한 자세를 가르치고 또 가르친 당신에게, 고마운 마음을 전한다.

1부

손으로
말하는 사람들

나는 코다입니다

2011년, 스물두 살 때의 일이다. 학교에서 수어 수업을 듣고 있다는 친구 하나가 말했다.

"보라는 코다예요. Children of Deaf Adults의 약자, 코다."

코, 다? 처음 들어보는 단어였다. 청각장애를 가진 농인[農人]* 부모의 자녀를 일컫는 말이라고 했다.

친구는 몰랐느냐며 말을 이었지만 나는 아무 말도 할 수 없었다. 여러 장면이 파노라마처럼 펼쳐졌다.

---

* 농인은 청각장애인을 달리 이르는 말로, 수어를 일상적으로 사용하는 사람을 말한다. 음성언어를 중심으로 의사소통하는 사람을 청인이라 부른다. 청각장애를 병리적으로 대하는 관점을 거부하고 농인들만이 가진 고유한 언어와 문화가 있음을 말해주는 용어다.

"부모님이 청각장애인이라서요. 말씀하시면 제가 대신 통역할게요"라고 습관처럼 말했던 순간들이 떠올랐다. 부모가 음성언어가 아닌 다른 언어를 사용한다는 이유로 겪어야 했던 당혹스러운 장면이 펼쳐지고 또 펼쳐졌다.

"미국에서는 농聾 연구도 많이 이루어지고 있고 특히 코다 관련 연구도 많대요. 코다는 농문화聾文化와 청문화聽文化 두 가지를 동시에 경험하게 되는데요. 정체성의 혼란을 겪거나 이중 언어를 사용하는 코다의 특성에 대한 연구들이 있다고 해요. 코다 커뮤니티도 많다고 하고요."

충격 그 자체였다.

나는 손으로 말하고 사랑하고 슬퍼하는 사람들의 세상이 특별하다고 생각해왔다. 정확히 말하면 엄마, 아빠가 그 누구보다 아름답다고 생각했다. 입말 대신 손말을 쓰는 것이, 입술 대신 얼굴 표정을 미세하게 움직이는 수어를 사용하는 것이 그랬다. 그러나 아무도 '아름답다'고 말하지 않았다. 세상 사람들은 '장애' 혹은 '결함'이라 불렀다.

"우리 부모님은 청각장애인이에요."

어딜 가나 이 말을 먼저 해야 했다. 그렇지 않으면 엄마 대신 입을 열어 이것도 물어보고 저것도 물어봐야 하는 나의 처지를 설명할 수 없었다. 사람들은 어쩔 줄 몰라 했다. 동정과 연민이 섞인 눈빛도 함께였다. 그 사이에서 정체성의 혼란을 겪었다.

농인 부모는 당신에게는 '수어'라는 고유한 언어가 있고, 농인만이 가진 농문화가 있다고 자랑스럽게 손으로 말했다. 그러나 입으로 말하는 사람들은 이해하지 못했다. 들리는 세상과 들리지 않는 세상은 매번 충돌했다.

"보라, 괜찮아요?"

친구는 어깨를 잡아 흔들었다. '코다'라는 단어는 문화적인 충격을 가져다줌과 동시에 안도감을 선사했다. 더이상 나 홀로 짊어지지 않아도 되었다. 코다라는 단어가 있다는 건 코다로 살아온 사람이 존재한다는 뜻이고, 코다의 경험과 정체성에 대해 많은 연구가 선행되었음을 의미했다.

나를 일컫는 단어가 있다는 것, 부모의 장애를 나 홀로 짊어지지 않아도 된다는 것, 내게 비슷한 처지의 친구들이 있다는 걸 깨닫자 나의 경험은 이야기가 되어 하나의 온전한 세계를 이루었다.

사랑할까 생각했어

　매일같이 운동장을 달리고 육상대회에 나가 메달을 휩쓸던 소녀가 있었다. 활달한 성격을 지닌 소녀는 친구가 많았고 이국적인 미모로 뭇 남성들의 마음을 설레게 했다. 그러나 소녀에게도 외로운 시절이 있었다.

　충남 금산의 가장 산골짜기에서 1965년 1월 27일에 태어났어. 9남매 중 막내였지. 세 살 때 대전으로 이사를 했는데, 초등학교 입학하기 전의 기억이 하나 있어. 엄마와 서로 의사소통이 되지 않아서 답답했어. 마당에서 뒹굴면서 흙을 먹고 울었어. 엄마는 그냥 가만히 있었고. 또 어떤 날은 엄마가 꾸중을 해서 속상한 마음에 가출했는데 저녁까지 있다 집으로 돌아

소녀의 부모와 형제는 소녀를 이해하지 못했다. 세 살 때 열병을 앓아 청력을 잃기 전까지 소녀는 마을에서 알아주는 똑똑이였다고 소녀의 엄마는 회고했다. 소녀는 초등학교에 입학하기 전까지 누구와도 깊은 대화를 할 수 없었다. 말을 하지 못했기 때문이다. 소리를 듣지 못하고 말을 하지 못하는 소녀에게 오빠들이 너도나도 달려들어 말을 가르치려 했다. 그러나 상대방의 입술을 읽고 정확한 발음으로 말하는 것은 자신의 발음을 들을 수 없는 소녀에게 어렵고 가혹한 일이었다. 소녀는 답답한 마음에 종종 흙을 먹었다.

작은오빠가 나한테 말을 가르쳤는데 너무 어렵고 힘들어서 많이 울었어. 답답했지. 가족들은 서로 이야기하며 웃는데 나는 혼자 못 웃으니까. 옛날엔 TV에 자막이 없었잖아. 그래서 맨날 멍하니 보고만 있었어. 청인들은 웃는데 나는 혼자서 멀뚱멀뚱 보기만 하고. 사람들이 입을 움직여 대화하면 나도 청인이고 싶다고 생각했어.

한번은 엄마가 돈을 주고 소주 사오라고 해서 소주를 사왔는데 소주가 아니라 국수라고 엄마가 손글씨를 썼어. 그걸 다시 들고 가서 국수로 바꿔왔어. 소주, 국수. 입 모양이 똑같잖아. 엄마

소녀는 다른 아이들보다 조금 늦게 초등학교에 입학했다. 소녀의 나이 열한 살 때였다. 기숙사가 딸린 특수학교였던 그곳은 입술을 움직이는 대신 손으로 말하는 사람들로 가득했다. 소녀는 멀뚱멀뚱 주위를 바라봤다. 그중 한 명이 다가와 손을 움직였다. 어떤 뜻인지 알 수는 없었지만 친근했다. 소녀는 수어를 배웠다. 그들은 소녀의 입술 위에 있는 점을 보고 '입술 위의 점+여자'라는 수어 이름도 붙여주었다. 기역, 니은, 디귿, 리을. 소녀는 언어를 처음 접했다. 소녀의 이름은 🤟🤙👌👋 였다.

경희는 손으로 말하는 사람이 되었다. 학교에는 경희와 같은, 입술 대신 손으로 말하는 사람들이 많았다. 난생처음 내밀한 마음을 털어놓을 수 있었다. 해방감을 느꼈다. 경희는 처음으로 꿈을 가졌다. 경희 같은 아이들을 가르치는 농인 교사가 되고 싶었다.

　학교에 입학했을 때 기숙사에 살았어. 다른 애들은 엄마가 집에 간다고 울었는데 나는 울지 않았어. 선배들이 많이 귀여워했지. 얼굴이 외국인처럼 생겨서 너는 외국 애인데 왜 한국에 있느냐고, 빨리 너희 나라로 돌아가라는 말을 들었어. 기숙사 밥이 맛이 없고 기숙사 생활이 싫어서 엄마한테 집에서 학교 다니고 싶다고, 학교 너무 힘들다고, 기숙사에 살면 눈 뜨자마자 벽돌 같은 건설 자재를 나르는 노동을 해야 한다고 말했어. 당시에

는 집이 가난해서 엄마가 고심했어. 버스비라도 주면 통학하겠
다고 했지. 그만큼의 돈이 없어서 학교 갈 때는 한 시간 정도를
걸어가고 올 때는 버스를 탔어. 집에 오면 엄마가 일을 나가고
없기 때문에 내가 아궁이에 불을 땠어. 오빠들은 다 남자고 나만
여자니까 일을 해야 했거든. 가끔 너무 슬퍼서 울었어. 엄마

학교의 새 건물을 짓기 위한 건축 자재를 날라야 했던 건 경
희만이 아니었다. 같은 학교에 다니던 소년, 상국 역시 등교하
자마자 고사리 같은 손으로 벽돌을 날랐다.

이른 아침에 학교 가자마자 친구들과 벽돌을 날랐어. 아침
부터 점심까지. 점심 먹고는 수업을 했어. 집에 가기 전까지 또
나무를 날랐어. 나는 통학을 해서 그나마 나은 편이었어. 네 엄
마는 기숙사에 살아서 이른 아침부터 일했으니까. 선배들은 아
침에 학교 가서 집에 올 때까지 온종일 벽돌만 날랐대. 수업은
하나도 없이. 공부 배우는 거 하나도 없이. 아빠 이상국

소년은 학교에서 꽤 유명했다. 빈혈이 워낙 심해 병이 자주
났기 때문이다. 소년은 1961년 5월 20일, 충북 옥천에서 2남
2녀 중 둘째이자 장남으로 태어났다. 타지에서 직업군인을 하
던 소년의 아버지는 장남이지만 듣지 못하는 소년을 탐탁지 않

아 했다. 사람들은 세 살 때 쓴 약을 먹어서, 혹은 소에 치여 농인이 되었다고 했지만 소년 어머니의 기억은 달랐다.

네 아빠가 세 살 때 고모네 집에 있던 세발자전거를 타고 나갔는데 뒤에서 큰 차가 빽 소리를 내니까 놀라서 개굴창에 떨어졌어. 근데 애가 좀 이상한 거여. 그래서 침을 맞았나, 그거밖에 안 했어. 열차를 타고 언니랑 같이 대전에 갔는데 저 아줌마 미쳤다고, 애가 저렇게 열꽃이 폈는데 어딜 데리고 가느냐고 사람들이 뭐라고 그랬어. 할머니 정임순

소년은 자신이 어떻게 청력을 잃었는지 알지 못했다. 부모와 제대로 이야기를 해본 적이 없었다. 다만 어렸을 적 사람들이 귀 트이게 해준다고 온몸에 침을 놓았던 일을, 엄마가 자신을 절에 데려가 불공을 드렸던 일을 기억할 뿐이었다.

초등학교 3학년 때 절에 가서 사흘간 불공드렸는데 스님이 그러는 거야. 생강을 진하게 달여서 설탕 넣지 말고 마시라고. 그거 진짜 써. 엄마가 몰래 설탕 섞어서 줬어. 그렇게 한 달을 들이켜면 귀가 트일 수 있다고 해서 열심히 마시고 불경도 외우고 했는데 하나도 소용없었어. 불경 다 갖다 버렸어. 사기야. 아빠

언니가 귓밥을 끝까지 파면 들을 수 있다고 해서 귀를 파는
데 너무 아픈 거야. 하지 말라고 무섭다고 그만하라고 했는데
도 언니가 계속했어. 정말이야. 엄마

소녀 역시 자신의 머리를 가득 덮었던 침 시술을 기억했다.
이것만 하면, 저것만 하면, 들을 수 있다고 사람들은 목청을 높
여 말했다. 그러나 정작 소년과 소녀는 상황이 어떻게 돌아가는
지 자신이 어떻게 청력을 잃게 되었는지 알 수 없었다. 소년과
소녀가 해야 했던 것은 적당히 눈치껏 짐작하기였다.

소년도 소녀처럼 학교에 입학하자마자 '언어'를 처음 만났다.
학교 수업에서가 아닌 기숙사에서였다. 학교 수업은 수어가 아
닌, 상대방의 입술을 읽어 상황을 추론하는 구화口話* 중심으로
행해졌다. 대다수의 선생님은 "3 곱하기 4는 12야" 하고 입술을
움직이며 설명했다. 소년은 선생님의 입술을 읽을 수 없어 수업
시간에 꾸벅꾸벅 졸기를 반복했다.

------

* 구화는 언어·청각장애인 사이에서 음성언어로 이루어지는 의사소통 방법 중 하나다.
상대방의 말을 입술 모양과 얼굴 표정, 대화의 맥락과 분위기를 통해 독해하고 음성언
어로 발화하는 방법인데, 이를 위해서는 훈련이 필요하다. 소리를 들을 수 없는 농인이
구화를 배우는 것은 청인이 외국어를 배우는 것보다 훨씬 어렵다. 말소리 가운데 삼분
의 이 정도는 입술 모양이 비슷해 시각적 변별이 어렵다. 또한 자신이 어떤 소리를 내
는지 들을 수 없기에 정확한 발화를 하기도 어렵다. 혹자는 농인이 구화를 배우는 건
자신에게 없는 감각을 사용하는 것이므로 지구인이 외계어를 배우는 것과 비슷하다고
비유한다.

소년은 선배와의 만남에서 수어를 접했다. 학교와 사회에서는 이를 비공식 언어로 규정했지만 그들에게 수어는 세세하고 내밀한 감정, 나아가 추상적인 개념까지 설명할 수 있는 완전한 언어였다.

중학교 2학년 때까지 선생님들이 수어를 할 줄 몰랐어. 그래서 우리가 수어를 가르쳐줬지. 물론 의사소통이 잘 안 됐어. 중학교 3학년 때 선생님은 정말 착하고 겸손했는데 수어를 못했어. 우리가 수어를 조금씩 가르쳐줘서 선생님이 배우긴 했는데 그래도 서툴렀기 때문에 우리는 수업 내용을 따라가기 어려웠어. 이해를 못해서 힘들었지. 선생님이랑 우리 모두 고생이 많았어. 스트레스 받고. 엄마

중학교 때 국어 성적은 좋았는데 수학 성적은 안 좋았어. 머리 긴 선생님이었는데 수학을 입으로 가르쳤어. 이해가 안 됐어. 미술이랑 과학이 싫어서 국어랑 체육만 열심히 했어. 공부는 보통. 그냥 다녔어. 아빠

소년은 ◊◊◊◊◊◊ 이라 불렸다. 상국과 경희를 비롯한 학생들은 입말로 수업을 진행하는 선생님에게 수어를 가르치기로 했다. 하나도 알아들을 수 없는 음성언어를 일 년 내내 멀뚱멀

뚱 바라보느니 선생님이 조금이라도 수어를 하는 편이 낫다고 판단했기 때문이다. 그러나 학생들이 열심히 수어를 가르쳐도 선생님이 새로운 언어를 습득하는 데는 오랜 시간이 필요했다. 그나마 간단한 수어로 수업을 어눌하게나마 진행할 수 있게 되면 선생님은 어김없이 전근을 갔다. 다시 새로운 선생님이 왔다. 수어를 하나도 하지 못하는 선생님이었다.

학생들은 자연스레 무언가를 기대한다는 것 자체가 무리라고 생각하게 되었다. 포기하는 게 나을지도 몰랐다. 학생들은 책상에 하나둘 엎드리기 시작했다. 경희와 상국 역시 마찬가지였다. 게다가 상국은 몸도 좋지 않았다. 만성 빈혈 때문에 결석이 잦아 수업 일수를 다 채우지 못했다. 학교를 졸업하기 어려운 상황이었다.

내가 네 아빠를 기숙사에 보내놓고 마음이 그래서 대전에 갔어. 그런데 신발이 다 해져 있는 거여. 억장이 무너졌지. 당장 신발 사러 가자고, 손에 글씨를 썼는데 상국이가 신발은 됐고 배가 고프니 밥을 사달라고 하는 거야. 가방을 보니까 안에 싹난 고구마가 있었어. 애들이 배가 고파서 뒷산에 올라가 감자랑 고구마를 캐서 먹었다는 거여. 할머니

학교와 기숙사에서 주는 밥은 너무 맛이 없었다. 상국은 병

원과 학교를 오가며 병치레를 했다. 그런 상국에게도 좋아하는 게 있었는데 바로 축구와 사진 찍기였다. 축구와 사진에는 공통점이 있었다. 들리지 않아도 괜찮다는 것이었다. 그렇게 상국은 초등학교와 중학교를 대전원명학교에서, 고등학교는 서울농학교에서 보냈다. 경희 역시 초등학교와 중학교 과정을 대전원명학교에서 이수했지만 고등학교에 진학하려 하자 집안의 반대에 부딪혔다.

중학교 졸업하고 엄마가 일을 구하라고 했어. 그런데 나는 고등학교에 진학하고 싶었어. 고등학교 보내달라고 주장했는데 엄마가 '돈이 없다. 중학교 졸업했는데 네 나이가 열아홉 살이니까 돈 벌다가 시집가라'고 했어. 나는 고집을 부리고 엄마한테 계속 말했어. '고등학교 서울로 가고 싶다. 여기는 졸업해도 인가받은 학교가 아니라 대학을 못 간다. 나 대학 졸업해서 학교 선생님 될 거니까 서울로 고등학교 보내달라'고 이불을 뒤집어쓰고 하루종일 울었어. 눈이 퉁퉁 부었어. 엄마가 오빠들 불러서 의논했어. 애 학교 보내려면 어떻게 해야 하느냐고. 큰오빠가 책임지고 서울로 데려가겠다고 했어. 고등학교 입학시험 치고 합격했어. 엄마

운동신경을 타고난 경희는 장애인 전국체전이 있다 하면 매

일같이 메달을 따왔다. 학교 성적에 있어서도 마찬가지였다. 1등은 못했지만 2등을 했고 3등을 했다. 경희는 어서 대학에 진학해 학교 선생님이 되고 싶었다. 그러나 사람들은 장애인은 선생님이 될 수 없다고 말했다.

> 고등학교 졸업하고 대학 가고 싶다고 했는데 오빠들이 돈이 없다고 그랬어. 굉장히 실망했어. 꿈이 선생님인데…… 대학 포기하고 졸업 후에 미싱 일을 했어. 서울에 있는 공장에 취직해서 일했어. 일 년 정도 일을 한 뒤에 다시 미싱 학원을 다니고 대전에서 미싱 일을 했어. 합쳐서 이 년 정도 미싱 일을 했던 것 같아. 엄마

축구 선수가 되고 싶었던 상국은 농인 국제축구대회에서 골키퍼로 활약하여 우승했다. 하지만 그것으로 밥벌이를 할 수는 없었다. 상국은 공 대신 나무를 만지며 대패질을 했다. 상국은 손으로 하는 일에 천부적인 재능이 있었다. 전국장애인기능공대회에서 여러 번 상을 휩쓸었다.

스물세 살의 경희는 서울에 머무르며 미싱 공장에 다니고 있었고 스물일곱 살의 상국은 가구 회사에 취직하여 일을 하고 있었다. 같은 학교를 졸업했어도 7학년 차이로 서로를 알지 못했던 둘은 서울의 농인교회에서 만났다.

추수감사절이었나. 거기서 네 엄마가 수염을 그리고 연극 주인공
을 했어. 그거 보고 좋다, 생각했어. 사랑할까 생각했어. 아빠

상국은 경희를 보자마자 첫눈에 반했다. 학교 언저리에서 보
았던 십대 후반의 경희와 스물세 살의 경희는 확연히 달랐다.
상국은 그날부터 경희를 쫓아다녔다. 경희 말에 따르면, 그 시
기에 경희를 쫓아다녔던 여러 남자들이 있었는데 못생기기로
는 상국이 단연 으뜸이었다. 이십대의 상국은 키도 크고 훤칠했
지만 여드름이 얼굴을 가득 메운 바람에 진가를 알아보는 이는
많지 않았다. 상국은 경희의 관심을 끌기 위해 밤낮으로 그녀를
에스코트했다. 교회에서 그녀의 집에 이르기까지 골목과 골목
사이, 자신의 애달픈 마음을 얼굴 표정과 몸짓에 가득 담았다.
경희는 상국이 눈에 차지 않았다. 경희는 상국을 거절하고 또
거절했다.

수십 년 전이라 기억은 잘 안 나지만 네 아빠에게 받은 편지
를 읽지 않고 버렸던 것 같아. 같은 편지들이 계속 왔거든. 버
리면 또 오고. 꽃도 계속 받아서 쓰레기통에 버리기를 반복했
어. 남자들이 꽃을 너무 많이 줘서 버리고 또 버렸어. 엄마

그러던 어느 날 상국이 쓰러졌다. 상사병이라고 했다. 상국

은 한동안 앓았다. 아무것도 먹을 수 없었고 못 이룬 사랑에 대한 간절함이 방 천장을 가득 메웠다.

뭐라고 말을 해도 듣지도 않고, 못 잊는다고 드러눕더라고.
할머니

보다 못한 상국의 엄마, 임순은 머리끝까지 화가 치솟았다.
"아니, 어떤 기집애길래 네가 이렇게 앓아누웠는데 코빼기도 안 보이니?"
임순은 당장 경희의 어머니, 준일에게 전화를 했다. 둘 사이에는 위계질서가 형성되어 있었다. 아들을 가진 자와 딸을 가진 자 사이에 자연스럽게 생기는 그런 것이었다. 임순은 경희가 상국을 보러 와야 한다고 말하고는 전화를 끊었다. 경희는 큰오빠의 필담을 통해 상국이 상사병으로 앓아누웠다는 소식을 전해 들었다. 그 당시 청인은 조금씩 보급되던 유선전화를 통해 소식을 주고받았다. 그러나 농인의 경우에는 들을 수 없으니 소식을 주고받기가 여의치 못했다. 농사회에 삐삐가 보급되기 전의 일이다.
그가 아프다는 소식 때문이었을까. 경희가 상국을 떠올리는 빈도가 늘어갔다. 경희는 하던 일을 접고 고향으로 내려갔다. 두 사람은 이웃은 아니었지만 같은 도시 출신이었다. 경희는 조

심스레 상국의 집 대문을 두드렸다. 상국은 그날로 자리에서 벌떡 일어났다.

상국이 입원했을 때 담당 간호사가 좋아했어. 상국이가 인상이 좋잖아. 열흘 만에 수혈을 다섯 팩 하고 척추를 뚫고서 검사를 하더라고. 퇴원해서 한 몇 개월간 매달 검사를 했어. 그랬는데 간호사가 우리집까지 찾아왔더라고. 상국이를 못 잊어서. 그래서 네 할아버지가 욕심을 내고 여행을 보내자, 둘이 여행을 보내자고 하는데 상국이가 "말하는 사람하고 살면 불행해진다" 그러데. 할머니

상국과 경희는 그렇게 사랑에 빠졌다.

들리지 않는
세상 속에서 태어나다

1989년 3월 26일, 상국과 경희는 충남예식장에서 결혼식을 올렸다. 결혼식 전날에는 남들처럼 함도 팔았다. 오징어 가면을 쓴 상국의 친구들이 경희의 집 앞에 함을 팔러 와서 "천 원 주면 안 간다"며 손을 내저었다. 상국과 경희는 한참 배꼽을 잡았다. 수어를 모르는 경희의 오빠들은 손짓과 발짓을 총동원하며 대화를 시도했다. "여기 와, 안 돼, 이천 원? 안 가." 이 정도의 대화는 수어통역이 없어도 가능했다. 입으로 말하는 사람과 손으로 말하는 사람이 함을 사고파는 풍경은 낯설면서도 익숙했다.

결혼식도 마찬가지였다. 입으로 말하는 사람과 손으로 말하는 사람이 삼삼오오 몰려다녔다. 입으로 말하는 양측 부모님은 친척을 맞아 악수하며 입을 움직였고, 신부 경희와 신랑 상국은 친구들과 포옹하며 어깨와 팔을 크게 움직였다. 입으로 말하는 사람들은 식이 시작하자마자 입을 다물었다. 손으로 말하는 사람들은 식 도중에도 서로를 손으로 부르며 대화를 나눴다. 시끄 럽지 않았기에 제지하는 사람은 없었다. 상국의 엄마는 눈물을 글썽였다.

　　네 엄마, 아빠가 인물이 워낙에 좋으니까 농학교 선생님들도 와보고선 자기네들도 결혼 또 하고 싶다고. 엄마 인물이 여간 좋아? 사람들이 예쁘다고 칭찬하고. 나는 네 아빠가 드디어 결 혼을 하는구나 싶어 울었어, 많이. 돌아가신 진주 큰할아버지 도 맨날 벙어리라고 야단치고 공부 가르치지 말라고 했었거든. 근데 그 할아버지도 기특해가지고 울었다고. 네 엄마가 나한테 왜 울었느냐고 묻더라고. 너무 감격해서 울었지. 할머니

주례사를 맡은 사람은 입으로 말하는 사람이었다. 경희와 상 국 둘 옆에 수어통역사가 섰다.
　"신실한 남편과 아내로서의 도리를 다할 것을 맹세합니까?"
　상국은 곁눈질로 통역사의 손과 표정을 보았다. 몸이 떨려 손을 움직일 수 없었다. 상국은 집안 어른들이 다 쳐다보고 있 는 터라 손이 아닌 입으로 말해야 할 것 같았다. 상국은 입을 열

었다.

"아멘."

발음은 정확하지 않았지만 옆에 선 신부 경희는 상국의 마음을 누구보다 잘 알았다. 결혼식을 마치고, 둘은 부산으로 가는 기차에 몸을 실었다. 단체로 떠나는 신혼여행이었다. 한복을 입은 신부들과 양복을 입은 신랑들이 기차에 탔다. 둘은 그중 유일한 농인이었다.

너 임신했을 때 할머니랑 외할머니 둘 다 걱정하셨어. 남편이랑 나랑 둘 다 농인이니까 혹시 아이가 농인이 아닐까 해서. 일단 그렇게 낳았지. 낳고 나서는 네가 너무 어리니까 한두 달 정도 지나야 귀가 제대로 들리는지 안 들리는지 검사를 해볼 수 있잖아. 할머니들이 "보라야" 하고 계속 소리질러보고, 네가 들리는 쪽으로 고개를 돌리나 지켜봤지. 네가 고개를 잘 돌리면서 반응하더라고. 둘째를 임신했을 때도 같은 이유로 걱정했는데 다행히 둘 다 청인이었어.

나는 내 딸이 청인이든 농인이든 상관없었어. 잘 낳고 잘 자라면 되니까. 어른들은 걱정하지. 네가 만약 농인이었으면 어른들은 실망했을지도 몰라. 그렇지만 우리도 문제없이 잘살았잖아? 네가 농인이라면 평생 수어로 자유롭게 대화할 수 있으니 행복하고 즐거웠겠지. 청인이면 수어통역을 부탁하고 서로

도와줄 수 있으니까 좋고. 엄마

둘은 경기도 부천의 한 빌라에 보금자리를 꾸렸다. 입술 대신 손으로 사랑을 속삭이는 일은 표정만큼이나 매우 솔직한 것이어서 둘은 금방 아이를 갖게 되었다. 첫째 아이는 3.1킬로그램, 둘째 아이는 4.1킬로그램으로 건강하게 태어났지만 당시 그들이 주목했던 건 몸무게도, 성별도 아닌 귀였다.

딸 이름은 보라로 짓기로 했다. 훗날 첫째 아이가 "내 이름은 왜 보라야?" 하고 물었을 때 왜 그렇게 지었는지 기억나지 않는다며 껄껄 웃었다. 아이의 이름이 '소리'가 아니라 '보라'인 것은 두 사람의 감각과 밀접한 관련이 있는지도 모른다.

상국과 경희, 그리고 보라의 보금자리는 빌라의 가장 아래층인 반지하층이었다. 보라는 낮에도 밤에도 우렁차게 울었다. 상국과 경희는 밤낮으로 보라의 울음소리를 '지켜보았다'. 하지만 캄캄한 밤이 오면 둘은 아이가 죽을지도 모른다는 불안에 떨었다.

우리가 소리를 들을 수 없잖아. 낳고 나서 2개월이 지날 때까지 제일 힘들었어. 두 시간에 한 번씩 젖을 줘야 해서 잠을 못 자고 뜬눈으로 보다가 잠들면 네가 또 울고. 그때 내가 젖이 잘 안 나와서 네가 먹는 게 부족했나봐. 결국 온몸에 노란 황달이 왔어. 병원 입원하고 이삼 일 동안 인큐베이터에 있었어. 많이 울었어. 그후에는 젖이 안 나와서 분유를 먹였는데 그때부터 잘 먹어서 살이 쪘어. 엄마

그러던 어느 밤, 상국과 경희는 깊은 잠에 빠졌다. 보라는 배가 고파 우렁차게 울었다. 크게 울면 상국과 경희의 귀에 닿을지도 모른다는 생각으로 더 크게 울었는지도 모른다. 반지하의 빽빽한 어둠은 상국과 경희의 눈과 귀를 막기에 충분했다. 보라는 손을 흔들며 더욱더 크게 울었지만 그 정도의 움직임으로는 부모의 눈에 가닿을 수 없었다.

매일 보청기를 테이프로 귀에 붙이고 잤어. 한번은 실수로 보청기가 벗겨져서 울음소리를 듣지 못했어. 그런데 네가 벽까지 울면서 굴러간 거야. 새벽 네시에 깜짝 놀라서 깼어. 진짜 하나도 안 들리는데 보청기를 끼면 아주 조금 들을 수 있었어. 일이 끝나면 무조건 보청기를 꼈어. 너 키우는 거 정말 힘들었어. 아빠

이웃들은 마주칠 때마다 서로 소식을 주고받았다. 화젯거리는 단연 반지하에 사는 갓난아기였다. 모두가 보라의 울음소리를 듣고 또 들었다. 시끄러울 때도 있었지만 주민들은 경희와

상국을 딱하게 여겼다. 듣지도 못하는 젊은 것들이 그래도 키워 보겠다고 애쓰는 모습을 동정했다.

보다 못한 옆집 아주머니가 꾀를 내었다. 지하 단칸방의 '귀' 가 되기로 했다. 아주머니는 경희의 팔과 자신의 팔을 끈으로 연결했다. 밤이 되면 끈을 신경쓰라며 신신당부를 했다.

칠흑 같은 어둠이 찾아오면 보라는 울기 시작했다. 경희와 상국의 귀가 되기를 자처한 아주머니는 울음소리를 듣고 끈을 세게 당겼다. 그러나 깊게 잠이 든 경희는 알아채지 못했고 보라의 울음소리는 창밖을 넘어 빌라 곳곳에 스며들었다. 아주머니는 더 세게 힘을 주어 여러 번 끈을 당겼다. 그제야 경희는 무언가 자신을 당기고 있다는 것을 인지하고 잠에서 깼다. 보라가 울고 있었다. 경희는 고맙다는 뜻으로 끈을 당겨 인사를 하고는 보라에게 젖을 물렸다. 아이는 울음을 그치고 젖을 물었다.

경희는 다른 엄마들이 그렇듯 보라에게 젖을 물리고 말을 가르쳤다. 아이는 입을 옹알이는 대신 손가락 마디를 굽히며 엄마의 손짓을 따라했다. 다른 아이들이 입으로 옹알이를 할 때 보라는 손으로 옹알이를 했다.

처음에는 말을 안 했어. "엄마, 아빠" 하고 수어로만 말하고. 네가 옹알이를 전혀 안 하니까 할머니가 네가 안 들리는 줄 알고 깜짝 놀란 거야. 어린이집에 보냈더니 말을 시작하더라고.

말 배우는 게 다른 애들과 비교해서 늦었어. 우리가 말을 안 하니까 너도 자연스럽게 안 한 거야. 걱정이 많았어. 세 살쯤에 말 배우라고 어린이집에 보냈는데 말하는 거로는 네가 어린이집에서 꼴찌였어. 좀 지나니까 말을 곧잘 하더라고. 너는 말보다 수어를 먼저 배웠어. 엄마

모두의 걱정과 관심을 사로잡은 보라는 무럭무럭 자라 부모의 귀가 되었다. 주방에서 물이 끓는 소리나 세면대의 물이 뚝뚝 떨어지는 소리가 들릴 때면 경희에게 일러주곤 했다. 잠에 곤히 빠진 상국이 실수로 리모컨 버튼을 눌러 커진 TV 볼륨 때문에 동네 민원을 사는 일은 다반사였다. 보라가 입말과 손말을 동시에 익히자 상국과 경희는 물론이고 주민 모두가 대견해했다.

아기 때부터 수어를 잘했어. 두 달 됐을 때부터 책을 읽혔지. 그림책 보면서 이건 코, 코. 눈, 눈. 내가 '코' 하고 발음하면 네가 코를 이렇게 손가락으로 짚고. '눈' 하고 말하면 네가 눈을 손가락으로 콕 짚고. '귀' 하면 귀 짚고. 잘했어. 물어보면 답하고. 돌 지나서는 수어를 정말 잘했어. 처음에 잘한 건 말이 아니라 수어였어. 다른 사람들이 너 말 안 하고 수어 한다고 농인 아니냐고 의심했어. 엄마

두 살 터울로 동생 광희가 태어났다. 먼저 태어난 보라가 들을 수 있었기에 광희가 젖을 먹기 위해 목놓아 운다거나 말을 늦게 배운다거나 하는 일은 없었다. 보라가 경희를 깨워 상황을 설명했고 광희에게 입으로 말을 걸었다.

당시 상국은 가구 회사 하청업체에서 농인 친구들과 일하고 있었다. 동종업계에서 일하는 청인만큼의 보수를 받지는 못했지만 다른 일에 종사하는 농인과 비교하면 꽤 넉넉한 수입이었다. 경희는 빌라 근처에서 아이들과 하루를 보내고 저녁에는 식사 준비를 하고 상국을 기다렸다. 생활비는 충분했다. 아이들을 위한 적금도 들 수 있었다.

경희는 그 누구보다 아이들을 똑똑하게 길러내고 싶었다. 장애가 있으니 중학교까지만 졸업하면 어떻겠느냐는 가족의 의견에도 끝까지 고집을 부려 고등학교까지 졸업한 경희였다.

아이들이 하고 싶은 것이 있다면 무엇이든지 할 수 있게 해주어야겠다고 다짐하고 또 다짐했다. 요리를 하다가도 황급히 고개를 돌렸다. 보라와 광희가 잘 놀고 있는지 두 눈으로 확인했다. 성장 시기에 맞는 권장도서 같은 걸 챙기는 등 다른 아이들과 비교해도 모자람이 없도록 했다. 아이들은 무럭무럭 자랐다. 그러나 꼼꼼한 경희, 나의 엄마에게도 어쩔 수 없는 것이 하나 있었다. IMF였다.

살면서 가장 기억에 남는 집은 부천 집이었던 것 같아. 신혼 생활을 시작한 곳이기도 하고. 그때 일은 고됐지만 돈도 잘 벌고 행복했어. 매일 가구 만드는 일을 했는데 농인 친구들과 함께 일을 할 수도 있었어. 현장에 나무토막이 많았는데 앞에서 일하고 있는 친구 어깨에 던져서 서로를 불렀지. 현장이 이런저런 기계 소리로 시끄러웠을 거야. 그런데 우리는 수어를 사용하니까 시끄러워도 아무리 멀어도 자유롭게 대화할 수 있었어. 좋은 시절이었어, IMF가 오기 전에는. 아빠

아빠와 엄마는 뜬눈으로 밤을 지새웠다. 나는 이제 막 다섯 살이었고 동생 광희는 세 살이었다. 무슨 일을 어디서부터 어떻게 시작해야 할지 감조차 잡기 어려웠다. 그렇다고 아이들을 돌봐야 하는 경희가 미싱 공장에 다시 나가는 건 말이 안 되는 일이었다. 불현듯 빵 굽는 일이 떠올랐다.

호떡 장사는 일은 고되지만 수입이 짭짤했다. 들리지 않아도 손님을 응대하는 데 문제가 없었다. 무엇보다 여러 농인들이 그 일을 하고 있어서 창업에 대한 정보를 쉽게 얻을 수 있었다. 아빠는 장사를 한 번도 해보지 않았기에 아는 바가 없었다. 자릿세는 어떻게 내야 하는지, 풀빵은 어떻게 만드는지, 풀빵 반죽에 들어가는 재료는 어디서 어떻게 떼오는지, 풀빵 기계는 어떤 걸 구입해야 하는지……

소리를 들을 수 있다면 길거리 노점상 아저씨, 아줌마에게 이것저것 물어봤겠지만 들리지 않는 이상 필담으로 묻는 일은 민폐였다. 누군가 친절하게 손글씨로 설명해주어도 문제였다. 한국어 문장은 쉽게 이해할 수 없었다. 수어로 정보를 얻을 수 있다면 그것이 가장 좋은 직업이었다.

아빠는 먼저 장사로 자리를 잡은 친구에게 조언을 구했다. 날이 추워지고 있었다. 서둘러 장사할 채비를 해야 했다. 보라와 광희만큼은 굶기지 않으리라. 아빠는 이를 악물었다.

가구 목공 일은 IMF 때문에 경기가 나빠져 하청업체에서 잘렸어. 호떡 장사를 하면 돈을 많이 번다는 소문이 있었어. 하루에 30만 원, 40만 원 번다고 해서 서울에서 장사를 시작했는데 많이 벌었어. 그뒤에 와플, 번데기, 밤, 홍합, 다슬기, 옥수수, 기름에 구워서 팔기도 했어. 욕심 때문에 버리는 기계가 집에 이만큼 쌓였어. 우리 엄마가 답답하다고 팔라고, 버리라고. 그때 손해 컸지만 많이 경험했어. 지금은 잘 아니까 괜찮아. 아빠

(네 아빠) 성격이 독충, 독한 벌레 같아. 벌레한테 소금 뿌리면 으악 하고 죽는데 아빠는 뿌려도 살아 있어. 엄마

강릉 단오제 축제 때 비가 억수로 왔어. 사람들이 다 안 간다고 했는데 나는 네 엄마한테 따라오라고 했지. 비가 오는데도 다리 아래서 둘이 열심히 풀빵 구워 팔았어. 다른 사람들이 독하다고 독충이라고 했어. 그날 20만 원 벌었어. 하루하루가 아까웠어. 6일에 한 번 휴일이니까 아깝지. 시간이 없기 때문에 열심히 했어. 아빠

둘은 경기도 성남으로 이사를 했다. 나와 동생은 집 근처 어린이집에 보내졌다. 나는 아빠를 닮아 다른 아이들보다 유난히 키가 컸고, 동생 광희는 날 때부터 체질이었는지 통통했다. 엄마는 매일 아침마다 우리를 어린이집에 데려다주었다. 전국의 행사란 행사는 모두 오가며 풀빵 장사를 했던 엄마는 조용히 나를 불렀다.

우리가 일을 하니까 너희들을 데려다줄 수 없었어. 네가 동생 손 잡고 어린이집에 갔어. 밤에는 늦게라도 데리러 갈 수 있지만 아침에는 어려웠어. 보라 너한테 광희 손 잡고 어린이집에 알아서 가라고 했어. 혹시 가다가 사고가 나지 않을까, 누가 납치할까 걱정했어. 너희 보내고 조용히 쫓아갔어. 보라 네가 동생 손 잡고 물웅덩이를 피하면서 어린이집까지 무사히 갔어. 똑똑해. 뒤에서 보는데 미안해서 눈물이 났어. 엄마

광희의 손은 작고 여려서 자칫하면 손에서 미끄덩하고 빠져나갈 수도 있다는 생각이 들었다. 나는 엄마의 크고 든든한 손을 잡고 걸었던 골목의 냄새와 모양을 떠올렸다. 눈을 부릅뜨지 않으면 안 되는 순간들이었다. 나는 소리가 주는 정보를 놓칠세라 차 경적 소리 같은 것에 귀기울이며 광희의 손을 세게 잡았다.

어린이집은 엄마와 아빠의 세상과는 달랐다. 음성언어로 친구들과 대화를 했고 선생님의 목소리를 들었다. 저녁이 되면 어린이집 문가에는 하나둘 익숙한 얼굴이 들어섰다. 지호네 엄마, 수진이네 엄마, 상준이네 아빠. 순서는 조금씩 달랐다. 우리집은 제일 마지막이었다.

"보라야, 내일 봐!"

친구들은 먼저 어린이집을 나섰다. 그 뒤로 해가 졌다. 얼른 TV 쪽으로 고개를 돌렸다. 주전자 캐릭터가 등장하여 "돈데기리기리 돈데기리기리 돈데기리기리 돈데 돈데 돈데크만!" 하고 주문을 외우는 애니메이션 〈시간탐험대〉의 방영시간이었다. 만화에 깊이 빠져 있을 즈음 엄마의 목소리가 들렸다.

"하가, 보아(아가, 보라)!"

동생은 누구보다 엄마의 목소리를 잘 알았다. 광희가 엄마를 부르며 달려가 품에 안기면 미처 다 털어내지 못한 밀가루 같은 것이 공기 중에 날렸다. 나는 코를 비비며 입을 열었다.

"선생님, 안녕히 계세요."

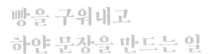

빵을 구워내고
하얀 문장을 만드는 일

"이번 여름 방학은 여기서 지내는 거야. 아빠랑 엄마는 장사하고 너희는 바다에서 놀면 돼. 좋지?"

아빠는 청록색 스타렉스의 문을 열고 말했다. 차 안에는 우리 가족이 두 달 동안 지내기 위한 짐이 가득 들어 있었다. 망상해수욕장이었다. 엄마와 아빠는 상가 앞에 텐트를 쳤다. 큼지막한 아이스박스가 여럿 내려졌고 우리도 덩달아 내려졌다. 나와 동생은 파도 소리를 듣자마자 환호성을 질렀다. 텐트는 무슨! 나는 먼저 튜브에 바람을 넣어야 한다며 떼를 썼다. 동생과 나는 질리도록 바다에서 놀았고 엄마와 아빠는 질리도록 호떡을 구웠다.

아홉 살이 되던 해의 여름이었다. 나는 수영을 할 줄 몰랐지만 부모가 있으니 죽지는 않을 거라 생각했다. 엄마, 아빠도 내가 있어 든든하다고 했다. 나는 동생의 튜브를 잡고 파도를 타며 뜨거운 한낮을 보냈고 엄마와 아빠는 길 건너편에서 반죽을 준비하며 땀을 흘렸다. 해가 지면 해수욕장과 캠핑장을 오가는 거리가 사람들로 가득찼다. 엄마 손을 잡은 아이부터 형광색 티셔츠를 입은 어른까지 모두가 고개를 내밀어 무언가를 구경하고 사고 먹었다. 정체 모를 신기한 장난감, 아이스크림, 음료수, 슬러시, 오징어, 붕어빵, 와플, 버터 옥수수 구이, 폭죽이 사람들의 이목을 끌었다.

아빠의 주종목은 기름 없는 중국 전통 호떡이었다. 아빠는 낮에 준비해놓은 불투명한 통을 몇 개 꺼내 장사를 개시했다. 어쩌다 야외 콘서트가 있는 날에는 손님이 많을 거라며 내 키만한 파란 통에 반죽을 가득 준비했다. 아빠는 통을 열고 반죽을 조금 떼어냈다. 오른쪽 다른 통 안에 숟가락을 넣어 계피와 설탕이 섞인 마법의 가루를 한술 떴다. 나는 아빠 몰래 한 숟갈씩 입안에 털어 넣곤 했는데 그럴 때마다 아빠는 귀신같이 알고 목장갑 낀 손으로 내 이마를 가볍게 쥐어박았다.

아빠는 밀가루 반죽을 주먹만큼 동그랗게 만들고는 호떡 속이 삐져나오지 않게 밀어 넣었다. 딴딴하게 여민 덩이들을 차례대로 도마 위에 올려 밀대로 미는 일은 눈 깜짝할 사이에 이루어졌다. 이는 호떡의 바삭함을 좌우하는 과정이며 기름 없는 호떡에 있어서 가장 중요한 대목이다.

아빠는 반죽을 얇게 미는 일, 반죽과 밀대 사이의 팽팽한 긴장을 유지하는 일에 매우 빼어났다. 납작해진 반죽이 호떡 틀 안에서 보기 좋은 모양으로 구워지기 위해서는 반죽의 크기가 틀과 꼭 맞아야 했는데, 아빠는 그 또한 놓치지 않는 노련한 호떡 장수였다. 탁탁. 호떡이 틀 속에서 골고루 노르스름하게 구워지는 동안 아빠는 손님에게 주문을 받고 거스름돈을 쥐여주고 다시 반죽을 했다.

왼편에는 호떡 장수 아빠가 있었고 오른편에는 풀빵 장수 엄마가 있었다. 엄마는 파라솔 위에 줄을 걸고 양철 물뿌리개처럼 생긴 통을 달았다. 묽은 반죽이 나오는 호스가 연결되어 있었는데 엄마는 그걸 내리고 걸고를 반복하며 반죽을 짜냈다. 탁탁, 탁. 엄마가 동그란 모양의 풀빵 틀을 열고 반죽을 반쯤 짜 넣으면 아빠는 옆에서 호떡 틀을 뒤집으면서 엄마를 지켜봤다.

엄마는 그 위에 적당량의 팥을 올리고 난 뒤 호스로 반죽을 짜내 뚜껑처럼 덮었다. 풀빵이 앞뒤로 노르스름하게 구워지도록 가스 불을 조절하는 것도 잊지 않았다. 엄마와 아빠는 서로를 지켜보며 양쪽에서 빵을 구웠다. 나는 가운데에 앉아 동전통

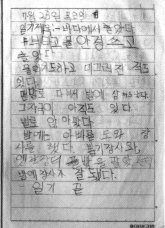

을 지켰다. 모서리에 닿으면 방향을 바꾸는 장난감 강아지도 앞에 놓고 팔았다.

"호떡은 하나에 오백 원이고요. 이 강아지는 잠깐만요. 오천 원이래요. 풀빵은 지금 일곱 개에 천 원이에요. 여기 거스름돈이요."

나는 호떡 장수와 풀빵 장수 사이에서 지폐를 받고 동전을 건넸다. 손님들은 나를 먼저 쳐다봤고 나는 손님의 말을 들었다. 손말로 옮겨 양쪽에게 전했다. 호떡 장수와 풀빵 장수는 목장갑을 낀 하얀 손으로 밀가루를 펄펄 날리며 문장을 만들었고 눈썹을 위로 올려 가벼운 눈짓을 했다.

검은 바다를 배경으로 호떡 장수와 풀빵 장수가 나란히 앉아 밀가루 빵을 구워내고 하얀 문장을 만들어내는 모습은 마치 퍼포먼스 같았다. 틀을 뒤집는 소리와 철썩이는 파도 소리도 있었다. 두 사람은 들을 수 없었지만 말이다.

너무 일찍 만난 어른의 세계

아빠와 엄마는 자주, 길게 집을 비웠다. 어렵사리 구입한 풀빵 기계는 어느새 호떡 기계가 되어 있었고 버터 오징어 구이 기계로 바뀌었다. 이름 모를 기계들이 아빠의 차에 실리고 내리기를 반복했다. 아빠는 먹고살기 위해서는 돈이 필요하고 돈을 벌기 위해서는 더 많이 팔아야 한다고 했다. 둘은 풀빵, 기름 없는 호떡, 국화빵, 붕어빵, 초콜릿 묻힌 바나나, 와플 같은 먹거리를 구웠고 밀가루 묻은 동전들은 차곡차곡 저금통에 모였다.

낮에는 엄마와 아빠가 빵을 굽고 밤에는 동생과 내가 젖은 수건으로 동전을 닦았다. 은행에서 밀가루 묻은 동전을 싫어했기 때문이다. 나는 동전을 닦다가 주변을 조용히 살폈다. 엄마가 음식을 하거나 빨래를 하고 있으면 엄마 몰래 동전을 한 움큼 쥐어 주머니에 넣었다. 엄마는 귀신같이 알아채고 나를 혼냈다. 그러나 잘못했다는 생각은 들지 않았다. 주머니를 채우는 게 뭐 어때서. 수북한 주머니를 위해 동전을 훔쳤다. 훔치자마자 혼나고 훔치고 혼나고를 반복했다.

　　생각해보면 한 십 년 정도 장사를 한 것 같아. 처음에는 농인
선배가 소개해줘서 강남역 르네상스호텔 앞에 있는 호떡 풀빵
장사를 보러 갔어. 장사가 진짜 잘되더라고. 거기서 보고 장사
를 배웠어. 그런데 여름에는 손님이 없잖아. 해수욕장에 가거
나 축제를 가면 장사가 잘된다고 해서 강원도 양구의 여관에서
자면서 일했어. 1997년에서 1998년도쯤이었던 것 같은데
결국 무리해서 교통사고가 났어. 나는 병원에 입원하고 네 엄
마가 두 달 정도를 혼자 반죽하고 호떡 굽고 팔고 그랬어. 너 여
덟 살 때. 아빠

아빠는 엄마와 이사를 가야 한다고 했다. 더 많은 동전을 모
으기 위해서는 사람이 더 많은 곳에서 장사를 해야 하고, 사람
이 많으면 동전도 더 많이 모을 수 있을 거라 했다. 엄마와 아빠
는 사흘 혹은 일주일에 한 번 집에 돌아오는 경우도 있을 테니
우리를 돌봐줄 사람이 필요하다고 했다. 동생과 나는 대전 할머
니 집에 맡겨졌다. 중리동 할머니의 집은 이층집이었다. 할머니
와 할아버지가 일층에 살고, 나와 동생, 가끔 집에 오는 엄마와
아빠가 이층에 살게 되었다.
　　아빠는 전국의 축제란 축제는 모두 알고 싶어했다. 매일같이

신문을 펼치며 '이달의 축제' 면을 찾았다. 신문지에 동그라미를 여러 개 그리고는 "보아!" 하고 나를 불렀다. 나는 아빠가 제일 편하게 부를 수 있는 전용 통역사였다. 그러나 초등학교에 입학해 이제 막 사회생활을 시작한 내게도 호불호라는 것이 있었다. 제일 싫어하는 건 전화 통역이었다.

"아니, 그러니까요. 저희 아빠가 그쪽 행사에서 장사를 하고 싶다는데요. 말씀을 못하셔서 대신 전화를 하는 거예요. 정확히 몇 명 정도가 오죠? 장소는 어디라고요?"

단순히 묻고 답하는 일은 쉬웠다. 그러나 이사할 집을 알아보거나 은행에 전화해 우리집에 빚이 얼마나 있는지를 묻고 통역하는 일은 어려웠다.

벼룩시장 신문에 아빠가 검정 모나미 펜으로 동그라미를 친 것을 읽는 일, 보증금 1천 월 20이라는 말을 이해하는 일, 아빠의 현재 재정 상황과 신용을 파악하고 대출 가능 여부를 은행에 묻는 일은 아홉 살의 내게는 난해했다. 그럴 때마다 나는 수화기를 들기 전에 월세가 뭐고 보증금은 무엇이며 전세는 무엇인지 묻고 또 물어야 했다. 아빠는 미안해하며 찬찬히 단어와 개념을 설명했지만 쉽게 이해할 수 없었다.

어려웠어. 내가 잘 알지도 못하는 내용에 대해서 생판 모르는 사람한테 전화해 아빠가 적어준 거 읽으면서 '이렇게 물어보

라는데 뭔지 아시냐' 하고. 어쩌고저쩌고하면 '아, 아, 아, 네?'
하고 서너 번씩 다시 적고. 동생 광희

그때 보라가 아마 초등학교 2학년이었던가 그랬을 겨. 엄마
아빠가 너한테 용돈을 줬는데 네가 안 쓰고 가지고 있다가 학교
가서 친구들한테 돈을 빌려줬다나봐. 천 원 빌려줘놓고는 다음
날 백 원, 이백 원씩 꼭 이자 받고. 이자 안 주면 안 빌려주고.
학교 다녀와서 할머니한테 얘기하고 그랬었어. 어린 것이 그런
건 또 어떻게 알아가지고. 네 부모 장사 쫓아다니면서 '와플 오
백 원이요' 하고 대신 말하고 돈 받고. 어렸을 때부터 그런 거
해서 세상 물정을 빨리 알았을 겨. 할머니

엄마와 아빠가 스타렉스에서 밥을 먹고 잠을 자고 돈을 벌
때, 나와 광희는 할머니 집에서 밥을 먹으며 부모를 기다렸다.
초등학교 3학년이 되던 날 동생은 같은 학교에 입학했다. 동생
이 학부모 상담을 해야 하니 엄마가 필요하다고 했다. 나는 대
답했다.

"엄마가 농인이고 매일 장사를 간다고 선생님께 말씀드려.
알았지?"

다음날 동생은 할머니의 주름진 손을 잡고 학교에 갔다. 할
머니는 우리를 안쓰러워했다. 저녁이 되면 할머니는 일층에서

다슬기 된장국과 어묵볶음, 김을 차려줬다. 할머니가 이층에 있는 우리에게 전화를 걸면 나는 만화를 보다 말고 동생과 계단을 쪼르르 내려갔다.

밥 한 공기를 뚝딱 비우고 나면 저녁 시간에는 숙제를 해야 했다. 내게 숙제를 도와줄 누군가가 있다면 좋겠다는 생각은 하지도 않았다. 엄마와 아빠는 문장 하나 제대로 쓰지 못했다. 엄마의 옷자락을 당기는 대신 전과를 펼쳤다. 전과와 문제집, 학습지는 부모 대신 나를 도와주는 무언가였다. 새 학기가 될 때마다 전과 구매는 필수였다. 그러기 위해선 돈이 필요했다. 밤마다 할머니의 지갑을 뒤졌다. 훔치고 혼나고 훔치고 혼나고의 연속이었다.

어른스러운 아이

    전국을 돌며 구울 수 있는 것이라면 죄다 구워 팔던 엄마와 아빠는 계절과 상황에 따라 종목을 유연하게 바꾸는 노련한 노점상이었다. 할머니는 매일 밤마다 아빠가 내다 팔 버터구이 오징어의 다리를 먹기 좋게 잘랐다. 나와 동생도 거들겠다며 작은 가위를 들고 덤볐지만 우리는 자르기보다 먹기를 더 잘해서 할머니의 꾸중을 듣기 일쑤였다.

    할머니 집 가까이에 위치한 초등학교는 규모가 꽤 컸다. 나는 매일같이 운동장을 달렸다. 곧잘 달리니 육상을 한번 해보는 게 어떻겠느냐는 선생님의 말에 "저희 엄마도 달리기 선수였어요"라고 대답했다. 아침 수업 전에 운동장을 뛰고 수업이 끝나면 학교 운동장이나 더 큰 공원에 가서 훈련하는 육상부 생활은 고단했지만 재밌었다. 매일같이 앞에서 달렸던 나와 달리 광희는 매번 뒤에서 1등을 했다.

지금은 숨기지 않지만 어렸을 때는 엄마는 장사를 하신다고 말하고 넘겼지. 어른들 반응은 비슷했어. 안됐구나 식의 말로 위로하는데 나한테는 와닿는 얘기도 아니었고. 처음 본 사람들이 부모님 말씀 잘 들으라고 하면 형식상 하는 말처럼 느껴졌어. 내가 '우리 부모님이 농인이에요. 그래도 전 이렇게 잘 자랐어요' 하고 말해도 사람들은 불쌍하게 여기거나 동정하니까 어차피 똑같은 반응인데 굳이 노력해서 설명해야 하는지 의문이 들었어. 내 또래 애들한테 그건 놀림거리이기도 했고. '너네 부모님은 우리 부모님이랑 달라' 이런 말 때문에 초등학생 때 울기도 많이 울었고. 그런 경험이 쌓여서 내가 먼저 부모님이 농인이라고 굳이 얘기하지 않았던 것 같아. 동생

내 아들을 누가 왕따 시켜서 화나서 학교에 쳐들어갔어. 그때 보라 너 오라고 수어통역하라고 불렀어. 아마 광희가 초등학교 1학년 때였을 거야. 목욕시키는데 몸에 멍이 많아서 누가 그랬느냐니까 말 안 하는 거야. 누가 그랬느냐고 누가 꼬집었느냐고 물었더니 친구들이 그랬다고. 화나서 다음날 아침에 바로 학교에 갔어. 선생님한테 이거 보라고. 여기 팔 좀 보라고.

친구 누가 꼬집은 거냐고 화냈어. 선생님이 알았다고 하고는 걔네들 데려와서 혼냈어. 그다음부터는 꼬집는 거 없었어. 얼마 뒤에 목욕할 때 보니까 멍이 없어졌어. 엄마

학교생활에 익숙해질 즈음 아빠는 이사를 가야 한다고 했다. 경기도 부천에서 성남, 충청도 대전, 이번에는 경기도 안성이었다.

"학교는? 공부는?"

나는 난감한 표정으로 두 손을 펴 손끝을 위로 세운 채 얼굴 앞으로 당겼다. 아빠는 오른손 손바닥을 위로 향하게 둔 채 왼쪽에서 오른쪽으로 옮겼다. '옮기다'라는 수어였다.

안양 축제 때 여름이니까 빵은 못 구워 파는데 옆을 보니 목걸이 같은 걸 팔더라고. 그래서 나도 목걸이를 떼다 팔았어. 경기도 송탄에서 잘 팔 수 있다는 정보를 들어서 갔어. 컨테이너 박스를 판다고 해서 싸게 주고 샀어. 거기서 와플이랑 버터 오징어 구이를 팔았는데 진짜 잘 팔렸어. 일 년 정도 그렇게 생활을 하다가 아예 애들 데리고 안성으로 이사를 가서 본격적으로 중앙대학교 후문에서 장사를 했어. 빵 장사는 밤부터 아침까지 반죽 준비를 해야 하는데 처음에는 기계가 없어서 장갑 끼고 손으로 반죽을 했어. 큰 통 두 개 반죽하는 거 정말 힘들어. 전국 축제 돌며 장사할 때는 밤에 차에서

아빠는 노련해졌다. 어떻게 하면 더 쉽게 돈을 벌 수 있을지 고민했다. 대학가는 방학만 제외하면 평일에도 유동인구가 많은 편이니 주말 장사보다는 안정적인 수입을 꾀할 수 있었다. 우리는 부모의 장사 노선을 따라 경기도 안성으로 이사했다. 난생처음 들어보는 도시였다.

전학을 간 학교는 이층짜리 건물이었는데 한 학년에 한 반밖에 없었다. 자연스럽게 4학년 1반 학생이 되었다.

"안녕, 잘 부탁해. 내 이름은 보라야."

새로운 도시에 새로운 학교, 새로운 친구들이라니! 괜히 설레 마음이 두둥실 떠올랐다. 쉬는 시간이 되자 여자아이들은 내 옆으로 몰려들었고 남자아이들은 어떻게 하면 나를 골려줄까 호시탐탐 기회를 노렸다. 나는 괴롭히려고 달려드는 남자아이들을 한 손에 제압했다.

초등학교 3학년에서 4학년 올라갈 때 안성으로 이사를 갔는데 처음 이사하면 학교에 부모님이랑 가잖아, 전학 왔다 하면서. 그때 애들이 우리 부모님 보고서 아, 저 아이 부모님은 말을 못하는구나, 못 듣는구나, 이런 걸로 놀렸어. 짜증도 내고 화도 내고 하면서 며칠을 보냈어. 화가 나서 쫓아가서 때리려 수업이 끝나면 친구들 집에 놀러가는 게 나의 주요 일과였다. 마을마다 함께 등교하고 하교하는 그룹이 정해져 있었지만 학교가 끝나면 해가 질 때까지 모두 함께 놀았다. 자전거를 타고 서로의 집과 집을 오갔다. 마당도 길도 넓었다. 우리집은 대학교 후문 근처라 먹을 곳도 많고 문구점도 있고 음반판매점도 있으며 오락실도 있었다. 놀거리가 도처에 깔린 대학가로 자주 발걸음을 옮겼다. 오후의 오락실과 피시방은 우리 차지였다. 나는 새로 이사한 집에 친구들을 초대했다.

"보라야, 이거 뭐야? 이거 누르는 거."

우리집 문 앞에는 다른 집에 없는 버튼이 하나 있었다. 누르면 집 한가운데서 불이 켜졌다 꺼지는 버튼이었다. 아빠는 이사할 때마다 가장 먼저 버튼과 전등을 설치했다. 초인종 소리를 들을 수 없는 엄마와 아빠에게는 생활필수품이었다. 부모와 소통해야 하는 동생과 나에게도 마찬가지였다.

언젠가 그 버튼이 설치되기 전의 일이다. 매일 집 열쇠를 지니고 다녔지만 깜빡하고 열쇠를 집에 두고 나왔다. 엄마가 듣지 못한다는 걸 뻔히 알면서도 나는 혹시 몰라 하는 마음에 굳게 닫힌 철문 앞에서 초인종을 눌렀다.

'엄마가 문의 미동을 볼 수 있을지도 몰라.'

나는 문을 세게 두드렸다. 속으로 엄마, 아빠를 부르며 텔레파시를 보내는 것도 잊지 않았다. 작은 기척도 없었다. 남은 방법은 하나였다. 철문의 유일한 틈인 우유 투입구에 팔을 넣고 세게 흔들었다. 무릎이 아팠다. 팔은 허공에서 춤을 췄다. 팔을 세게 흔들면 흔들수록 우유 투입구의 꺼칠꺼칠한 플라스틱 면에 팔이 닿아 상처가 생겼다. 그렇게 한참이고 문 앞에 엎드려 엄마와 아빠가 내 팔을 발견하길 빌고 또 빌었다.

초등학교 때 강박관념이 좀 있었어. 원래 체력이 약해서 기분이 나빠도 싸운다는 생각은 안 했어. 대전에 살 때 애들이랑 한두 번 싸웠어. 학교 선생님이 이렇게 말했어. "너는 부모님이 장애인이니까 싸움도 하지 말고 착하게 살아야지"라고. 그날 이후로 부담감이 생겼어. 내가 싸우면 이광희라는 애가 싸웠다, 초등학생 둘이 싸운 게 아니라 길경희와 이상국의 아들인 광희가 싸웠다, 그래서 애는 부모님한테 몹쓸 짓을 했다는 식으로 인식되더라. 그 사건 이후로는 싸운다거나 하는 상황을 만들지 않으려고 노력했어. 지금도 그런 상황이 되면 '싸우면 안 돼, 싸우면 부모님이 학교에 불려가고 내가 걔한테 상처를 입히면 치료비를 내야 하는데 우리집은 부유한 편이 아니야'라는 생각까지 들어서 안 싸워. 그런 부담감 때문에 싸움은 거의 하지 않았어.

위축이 됐던 것 같아. 그때는 부모님이 장애인이니까 주변의 시선도 신경쓰이고. 사람들은 별생각 없이 바라보는데도 나를 바라보는 시선에 그런 게 섞여 있을 것 같다는 생각이 들었어. 학교생활 하면서 아무리 못해도 중간은 해야 한다고, 무난히 섞여가야 한다는 부담감이 있었던 것 같아. 동생

나는 전학을 오자마자 반장이 되었다. 학생 수가 적은 학교의 학생들은 서로를 잘 알고 있었는데 선생님도 마찬가지였다. 보라네 엄마가 대학 후문에서 장사를 하는 것도, 들리지 않아서 손으로 말한다는 것도, 형편이 넉넉한 편은 아니라는 것도. 보라네 집 형편이나 영권이네 집 형편이나 그다지 다를 게 없다는 것도. 우리는 서로뿐만 아니라 서로의 가정 형편까지 너무 잘 알고 있었다.

학교 측은 학부모회의에 매번 참석할 수 없는 엄마를 이해했다. 나는 반장을 했고 부반장을 했고 전교 부회장을 했고 나중에는 전교 회장까지 했지만 아무도 엄마, 아빠에게 학부모회의에 꼭 참석해야 한다고 강요하지 않았다.

나는 종종 선생님의 말이나 학부모회장 엄마의 말을 엄마에게 통역했다. 엄마는 가끔 학부모회의에 참석했다. 그럴 때마다 솔지네 엄마와 영권이네 엄마, 유리네 엄마는 엄마에게 필담으로 말을 걸거나 몸을 크게 움직이며 의사를 전달했다. 뒤풀이 자

리에서 식사를 하고 맥주 한잔을 들이켜고 노래방에 가서 노래를 부르며 춤을 추는 것은 엄마도 충분히 할 수 있었다. 나는 농인 부모의 존재를 설명하지 않아도 학교에 다닐 수 있었다. 광희는 조금 달랐다. 엄마는 내게 광희를 대신 혼내달라고 했다.

> 엄마보다 누나가 더 무서웠어. 일단 같이 보내는 시간이 누나가 더 많았어. 부모님은 맞벌이를 했으니까. 얘기를 나누고 서로를 지켜볼 시간이 누나가 더 길었던 거지. 같이 생활하니까 부모님보다 누나의 영향을 더 많이 받았었고. 학교도 같이 다녔고 부모님이 오실 때까지 밥을 기다리거나 하는 시간도 누나와 같이 보냈고. 누나의 시선, 같이 보내는 시간들에 대한 시선을 신경써야 하고. 그래서 누나 말을 더 듣게 되었던 것 같아. 어렸을 때는 할머니와 같이 살았는데 할머니는 내가 한 명밖에 없는 손자니까 같은 일을 저질러도 누나한테는 매질을 하는데 나한테는 안 했어. 부모님도 할머니, 할아버지 눈치를 보면서 나는 덜 혼내고 누나는 더 혼내고 했던 거지. 나한테 부모님은 잘해주시는 분이고 누나는 혼내는 사람이다, 이런 인식이 있었던 것 같아. 동생

엄마는 광희에게 공부를 열심히 해야 한다고 설명하고 싶지만 아들이 말을 잘 안 듣고 수어로도 소통이 어렵다고 했다. 엄

마의 눈을 보았다. 엄마는 진심으로 동생과 이야기하고 싶어했다. 그러나 동생은 수어를 잘하지 못했다. 어렸을 때부터 내가 집안의 수어통역을 맡아왔기 때문이다. 엄마의 내밀한 감정을 알아채는 일 역시 동생보다는 내가 빠른 편이었다.

엄마와 아빠가 와플을 팔러 나간 사이 동생을 불렀다. 여느 때처럼 컴퓨터게임에 열중이었다. 게임 그만하라고 소리를 지르면 동생은 책상 의자에서 일어나 바닥에 앉아 있다가 내 눈치를 보며 TV를 켰다. 나는 입을 열었다.

"광희야. 부모님이 소리를 들을 수 없잖아. 우리집 형편이 어떤지도 알지? 지난겨울에 할머니네 집에 갔었잖아, 기억나? 아빠가 겨울에 일이 없으니까. 엄마는 일을 못하고 아빠가 공사 현장에 가서 일했잖아. 문틀 같은 거 만들고. 매일 있는 일은 아니라서 일 없으면 집에 있고. 방학 때 엄마가 맨날 수제비로 음식 한 거, 그거 돈이 없어서야. 쌀 살 돈이 없어서. 하다 하다 안 돼서 우리를 잠깐 할머니 집에 보낸 거지. 우리를 안성에서 대전까지 데려다줘야 하는데 그것도 기름값이 들잖아. 그래서 천안까지만 간 거야. 천안에서는 삼촌이 우리 데리러 오고. 너도 그거 다 기억하지? 그러면 어떻게 해야 돼? 공부를 열심히 해야지. 우리집 형편이 이러니까 우리가 할 수 있는 건 공부를 열심히 해서 좋은 대학에 가고 돈을 버는 거야. 그게 효도야. 그런데 지금처럼 매일 게임 하면 어떻게 될까? 응?"

동생은 말이 없었다. 내가 말을 하면 할수록 광희는 고개를 숙였다. 매일 게임을 하고 컴퓨터를 하는 일을 언급하자 광희는 닭똥 같은 눈물을 흘렸다. 내가 열두 살, 동생이 열 살이 되던 해였다.

하나밖에 없는 남매니까. 엄청 기댈 수 있고, 내가 하고 싶은 말, 걱정 고민 다 털어놓을 수 있고. 어렸을 때부터 엄청 챙겨 줘서 엄마 같기도 하고. 누나가 없었으면 어떻게 살았을까 그 런 생각도 들어. 동생

동생은 엄마가 혼내면 울지 않았다. 내가 입을 열면 엉엉 울 었다. 나는 동생의 엄마가 되었다.

나는 중학교 때도 10시에서 11시 사이에 잤는데 누나는 10시에서 11시쯤에 공부를 마치고 집에 오니까, 대화할 시간 이 별로 없었어. 아침에만 밥 먹을 때만 보고 그랬지. 동생

나는 공부를 열심히 했다. 대회란 대회는 모두 나가고 싶어 손을 번쩍 들었다. 학교에서는 누군가 큰 상을 받으면 학생 조 회를 열어 전교생을 운동장에 모이게 했다. 나는 구령대 위로 자주 올라갔다. 모든 사람이 일제히 나를 쳐다봤다. 높은 구령

대 위에 서서 떨리는 마음으로 교장 선생님이 주는 상을 받았다. 짜릿했다. 상장이란 상장은 모두 다 받고 싶었다. 친구들의 부모님은 머리를 쓰다듬으며 말했다.

"보라, 너는 부모님이 장애인인데도 참 밝구나, 공부도 잘하고. 어른스러워."

나는 손사래를 쳤다. 학교 선생님은 공부도 학교생활도 열심히 하는 나를 좋아했다. 사고를 치거나 문제를 일으키면 부모님의 장애는 마이너스가 되지만, 학교생활을 잘하고 공부를 잘하면 부모님의 장애는 플러스가 되지 마이너스가 되지 않는다는 걸 머리보다 몸으로 먼저 익혔다.

칭찬받는 게 좋았던 나는 밤늦게까지 숙제를 했고 복습을 했다. 성적이 오를수록 사람들의 관심과 기대를 한몸에 받았다. 착한 아이가 되는 것도 잊지 않았다. 컨테이너 박스 안에서 와플을 굽고 버터 오징어 구이를 만드는 엄마는 입시라고는 전혀 알지 못했다. 나는 엄마 대신 가정통신문에 글을 썼다. '참 잘했어요' '더욱더 노력하길'과 같은, 누가 써도 오해받지 않을 문장이었다.

2부

어린 통역사

손으로 말하는
사람들의 명절날

"저기요. 엄마가 요즘은 무슨 일 하면서 지내시느냐는데요."

연탄 냄새가 풀풀 나는 태평동 집에는 세 칸 정도의 방이 있다. 방과 방 사이에는 높은 문턱이 있어 오갈 때면 다리를 허리만큼 올려야 한다.

9남매 중 막내인 엄마는 태평동 할머니 집에 오면 밥상을 차리지 않는다. 따뜻한 방에 앉아 나를 옆에 앉혀두고 할머니에게 요즘 몸은 어떠시냐고 묻는다. 손을 들어 엄마의 오빠, 외삼촌들을 불러 안부를 묻는다.

명절이 아니면 외가 식구들을 만나기 어려운 엄마에게는 당연한 질문이다. 하지만 '지금은 무슨 일을 해요?' 같은 질문으

로 그들의 경제 사정을 묻고 그들의 애써 담담한 표정을 마주
하는 일은 아홉 살의 내게는 너무나 난처했다.

아빠가 직접 개조한 스타렉스

해마다 명절이 되면 우리는 스타렉스를 타고 긴 시간을 오갔
다. 아빠는 차를 개조해 뒤칸에 장사에 필요한 물건들을 차곡차
곡 넣어놓았다. 호떡과 풀빵, 와플 등의 먹거리를 구워 팔며 돈
을 벌던 아빠는 차에 반죽 통도 넣고 의자도 넣고 호떡 기계도
넣었다. 매번 다른 것들이 쌓여갔다. 장사는 계속했지만 사람들
이 질리지 않도록 품목을 끊임없이 바꿨다.

아빠는 동대문에서 직접 떼온 장난감도 실었다. 그리고 전국
방방곡곡을 돌았다. 유행이 지나면 남은 재고를 다용도실에 넣
어두거나 대전 중리동 할머니 집 창고에 넣었다. 장난감 다음은
목걸이였다. 아빠는 동대문을 돌며 목걸이, 팔찌 등의 장신구를
떼왔다. 부피가 작아 한번에 많이 실을 수 있는 장점이 있었다.

목걸이를 팔기 위해서는 좌판이 필요했고 사람들이 서서 좌
판을 구경하려면 지지대가 필요했다. 전직 목수였던 아빠는 널
빤지를 차에 들어갈 수 있을 만큼의 크기로 잘라냈다. 좌판의
네 귀퉁이를 지지할 쇠막대기도 길이에 맞게 척척 잘랐다.

아침부터 일을 시작해 사람들이 많이 오가는 저녁까지 장사를 하려면 햇빛을 가릴 파라솔이 필요했다. 파라솔 지지대도 필수였다. 파라솔이 바람에 날아가지 않도록 콘크리트를 부어 만든 지지대는 유난히 무거웠다. 아빠는 강철과 콘크리트로 된 파라솔 지지대의 바깥 면을 굴려 차에 실었다.

차 양옆에 조각난 널빤지를 다 싣고 나면 가운데 자리는 목걸이 박스의 차지였다. 아빠는 여러 개의 플라스틱 박스를 갖고 다녔는데 그 안에는 신문지가 빼곡히 들어 있었다. 목걸이 매대를 정리할 때면 매대 아래 숨겨두었던 플라스틱 박스를 꺼냈다. 가장 먼저 신문지 한 장을 박스 안에 깔았다. 목걸이는 나름의 규칙과 질서에 따라 분류되어 있었다. 아빠는 목걸이가 서로 꼬이지 않도록 주의하며 종류별로 모은 뒤 목걸이 잠금장치 쪽에 엄지손가락을 대고 위를 향해 손가락을 쭉 밀었다. 그러면 쭈르륵 목걸이 뭉치가 엄지와 검지 사이에 걸렸고, 아빠는 뭉치가 꼬이지 않도록 살살 들어 통에 넣었다. 신문지 한 장을 그 위에 덮었다. 다음은 다른 목걸이의 차례였다. 아빠는 순서대로 목걸이를 분류하여 엄지와 검지로 그것들을 들어내 박스에 넣었다. 아까와 같은 방식으로 신문지를 이용해 구분했다. 한 박스, 두 박스, 세 박스, 네 박스. 차에 차곡차곡 싣고, 이동하고, 내리고. 목걸이들은 서로 엉키는 법이 없었다. 아빠는 경험을 통해 학습한 방식으로 세상의 질서를 유지했다.

명절 연휴에는 긴 시간이 걸릴 귀경길을 대비하여 물건들을 아파트 베란다와 다용도실에 옮겼다. 차량 내부를 바꿀 수는 없었다. 스타렉스는 본래 여러 명이 탈 수 있는 승합차였다. 아빠가 칠이 다 벗겨진 스타렉스를 중고로 구입했을 때는 개조하겠다는 맘을 먹고 난 후였다. 아빠는 운전석과 조수석만 남겨놓고 뒷좌석을 모두 들어냈다. 대신 성인 한 사람 정도가 누울 수 있는 판을 높이 깔았다. 물건을 적재할 수 있는 공간을 최대한 확보하기 위해서였다. 판 아래쪽은 물건이 자리를 차지했고 어느 한쪽으로 쏠리는 법이 없었다.

장사에는 편리했지만 나와 동생에게는 그렇지 않았다. 우리는 몸이 작다는 이유 하나만으로 운전석과 조수석을 부모에게 내주어야 했다. 우리 자리는 나무 판때기 위였다. 누울 수는 있으나 일어나 앉을 수는 없었다. 아빠는 "누워 갈 수 있으니까 좋지?" 하고 껄껄 웃었지만 나와 동생은 스타렉스 천장만 멀뚱멀뚱 쳐다볼 뿐 절대 웃을 수 없었다.

중리동 풍경

늘 중리동이 먼저였다. 할머니들은 서로를 중리동 할머니와 태평동 할머니로 불렀다. 나는 중리동 할머니는 할머니라고 불렀고, 태평동 할머니는 외할머니라고 불렀다. 할머니 앞에 '외'를 붙일 때마다 어쩐지 거리감이 느껴졌다.

아빠는 집안의 장남이었고 엄마는 집안의 큰며느리였다. 명절 연휴가 되면 스타렉스를 타고 대전으로 향했다. 어른들은 분주했다. 할머니는 언덕 아래 있는 중리시장으로 몇 번이고 걸음을 옮겼고, 엄마도 할머니를 따라나섰다. 나와 동생은 할머니가 만든 식혜를 먹으며 TV를 봤다.

설과 추석에는 아침부터 저녁까지 특집 프로그램으로 가득했다. 그야말로 천국이었다. 중리동 집에 차곡차곡 쌓여 있는 신문을 집어들었다. 다른 면은 필요하지 않았다. 오로지 TV편성표가 필요했다. 할아버지의 허락을 받고 그 면을 보기 좋게 잘랐다.

꼭 봐야 하는 프로그램에 동그라미를 치는 동안 할아버지는 거실 바닥에 신문지를 깔았다. 부엌과 화장실의 쓰레기통을 가져와 신문지 위로 쏟아 비우는 일은 할아버지의 일과였다. 할아버지는 집안의 쓰레기란 쓰레기는 모두 모아 에헴, 하고 기침소리를 내며 신문지로 동그랗게 쌌다. 할아버지가 마당으로 나가면 자연스럽게 담배 냄새가 집안으로 흘러들어왔다. 마당에서 담배를 태우던 할아버지의 모습은 종종 외로워 보였다.

아빠가 창고에서 짐을 정리하는 소리가 들렸다. 나는 코로 할아버지의 냄새를 맡고 귀로 아빠의 소리를 들었다. 할머니와 엄마가 부친 전을 입에 넣으며 눈으로는 TV를 봤다. 명절 전날의 풍경은 평화로웠다.

고난은 명절 당일부터 시작된다. 엄마와 아빠는 아침 7시부터 나를 깨운다. 차례를 지내야 하기에 새 옷을 입어야 한다고 한다. 엄마가 부엌에서부터 끌고 들어온 고소한 냄새가 방안에 스며든다. 그러나 불과 몇 시간 전까지 특선 영화를 보며 밤을 하얗게 새운 나는 엄마가 나가자마자 그 자리 그대로 쓰러져 눕기를 반복한다. 엄마가 화를 내며 주먹을 내민다. 할머니가 "보라야, 이제 진짜로 일어나야지" 하고 말하면 그제야 주섬주섬 옷을 입고 세수를 한다.

차례를 지내는 동안 내가 할 수 있는 건 아무것도 없다. 동생은 집안의 유일한 손자라서 함께 차례를 지내야 하는데 나는 여자이기에 그러지 않아도 된다. 그럼 나는 왜 이 시간에 깨어 있어야 할까? 도통 이해할 수 없다.

뾰로통한 표정으로 할아버지 방에 고개를 내민다. 상다리가 부러질 만큼 음식이 차려 있고 이상한 향 냄새가 난다. 할아버지는 엄숙한 표정으로 서 있다. 옆에는 작은할아버지와 아빠, 삼촌이 있다. 동생은 졸린 표정이다. 엄마는 부엌에서 전날 준비한 음식을 그릇에 옮겨 담는다. 할머니는 부엌과 할아버지 방을 오가며 필요한 것이 무엇인지 확인한다. 내가 할머니의 일을 돕기도 한다. 아빠가 젓가락이 더 필요하다고 손으로 말하면 나는 할머니에게 명확하게 통역한다. 사실 그 정도는 몇십 년을 함께 산 아빠와 할머니가 눈치껏 할 수 있는 일이기도 하다.

나는 지루한 표정으로 서 있다가 조용히 할머니 방에 들어간다. 엄마는 척척도사다. 내가 몰래 자고 있다는 걸 알아채고는 방에 들어와 이마에 꿀밤을 날린다. 다시 한번 엄마 손에 끌려 나온다.

증조할아버지와 고조할아버지의 혼령이 제사상에 찾아와 음식을 다 드시고 나면 남은 음식은 식구들 차지다. 할머니와 엄마가 며칠 동안 준비한 음식은 그야말로 꿀맛이다. 할머니가 재운 돼지갈비는 집안의 자랑이다. 동생이 갈비를 입에 물고 행복한 표정을 지으면 그때부터 식구들은 내 이름을 부른다.

"보라야, 셋째 할아버지 아들 아직도 감옥에 있냐고 할아버지한테 물어봐."

아빠는 양손의 네 손가락을 얼굴 앞에 대고 위에서 아래로 쭉 내리며 '감옥'이라는 수어를 한다. 이 동작 앞에 '쇠'라는 단어를 붙여야 '쇠'와 '창살'이라는 단어가 만나 '감옥'이라는 수어가 완성되기에 엄지손가락을 입으로 살짝 물어야 한다. 나는 음식을 먹다 말고 입을 연다.

"할아버지, 아빠가 할아버지 동생, 셋째 할아버지의 아드님이 감옥에 있는지 물어보래요."

할아버지는 내 말이 끝나자마자 아빠에게로 시선을 돌린다.

"아직도 감옥에 있어. 저번에 나왔는데 또 도둑질을 했다고. 사기죄인가 그래서 다시 들어갔어."

아빠는 할아버지의 입과 표정을 쳐다보다 입이 다물어지자마자 고개를 돌려 나를 쳐다본다. 나는 오른쪽 볼을 검지로 톡톡 두드려 '거짓말'이라고 수어로 말한다.

오랜만에 만난 식구들과의 대화 내용으로는 어쩐지 감옥과 거짓말, 사기라는 단어가 부적절한 것 같지만 아빠와 엄마는 명절에 오지 못한 식구들 소식을 궁금해하는 것뿐이다.

나는 할아버지와 아빠를 번갈아 쳐다보며 작은할아버지와 그 아들의 소식을 전한다. 문제는 여기서부터다.

"보라야, 할머니 언니의 아들이 지금 어디서 뭐하고 있는지 물어봐."

엄마가 할머니라는 단어 위에 언니라는 단어를 더하고 그 아래 다시 아들이라는 단어를 더해서 그 사람이 잘살고 있느냐고 물으면 단번에 통역할 수가 없다. 그 사람이 누군지, 어떻게 불러야 하는지 알 수 없기 때문이다.

"엄마, 그 사람이 누구야? 할머니의 할머니의 언니의 아들 말하는 거야? 몇 째 언니? 내가 그 사람을 뭐라고 불러야 되지? 호칭 말이야."

나는 엄마에게 차근차근 손가락을 움직이며 묻지만 엄마는 호칭 같은 건 잘 모른다며 같은 수어를 반복한다. 엄마가 할 수 있는 건 그와 우리의 관계를 천천히 설명하는 일이다.

나는 입을 연다.

"할머니, 할머니의 작은 언니의 아들, 그 아들을 내가 뭐라고 부르지? 아무튼 호칭은 모르겠는데 그 사람 잘 지내느냐고 엄마가 물어보네."

할머니는 호칭을 정리한 후 그의 안부를 전한다. 나는 유심히 듣고 고개를 끄덕인 후 손가락을 움직인다. 먹던 음식은 여전히 입안에 있다.

명절의 제일 큰 행사, 제사를 지내고 나면 이후는 나의 활동 무대가 된다. 명절의 중심에 서서 오랜만에 만난 할머니와 할아버지, 친척에게 부모의 안부를 전한다. 반대의 상황 역시 마찬가지다. 엄마와 아빠가 그들을 작은아빠, 삼촌, 당숙 등의 단어로 호명하지 않고 '네 아빠의 동생' '네 아빠의 아빠의 동생' '네 할머니의 언니의 아들'과 같은 식으로 풀어 설명하면 나는 관계에 맞는 호칭을 찾는 데 진을 다 빼고 만다.

수어에서는 시어머니를 '남편의 어머니'라고 풀어서 표현하고 장모는 '아내의 어머니'라고 하며, '당숙' '처제' 같은 복잡한 단어는 '아버지+사촌' 등으로 표현한다. 통역을 해야 하는 나는 호칭을 묻지만 엄마는 수어 단어로 풀어 설명한다. 입말은 모른다. 누구의 엄마, 누구의 언니의 아들 식으로 호명하는 것은 수어의 세계에서는 당연한 일이다.

태평동 풍경

중리동 할머니 집에는 엄청나게 큰 괘종시계가 있다. 댕, 댕, 댕, 하고 열 번 울리면 할머니는 손으로 대문을 가리키며 휘이 휘이 하는 동작을 한다. 태평동 외할머니 집에 갈 시간이었다. 할머니 집과 외할머니 집은 같은 도시에 있어 교통 체증은 염려하지 않아도 된다.

외할머니 집 앞에는 큰 느티나무 한 그루가 있다. 높기도 하지만 둘레도 엄청나다. 어른 두 사람이 안아야 겨우 손을 맞잡을 수 있을 정도다. 엄마는 이 나무 아래서 매일 놀았다고 한다.

우리집은 중리동에서는 장남 집안이지만 태평동에서는 9남매 중 막내 집이다. 엄마는 태평동에 가면 아련한 표정을 짓는다. 나와 동생이 먼저 달려가 할머니 집 문을 열면 어김없이 이런 소리가 들린다.

"경희 왔냐? 어머니, 경희가 왔어요."

나는 경희가 아니라 보라지만 내 얼굴은 곧 경희다. 집안 식구들의 시선이 문가로 향하면 내 뒤에 서 있는 경희, 나의 엄마가 환하게 웃는다. 엄마에게는 오빠들이 많다. '호'자 돌림으로 외우기 어려운 이름 투성이다.

엄마와 아빠는 방안에 고개를 숙이며 들어선다. 아빠는 어른을 만나면 절을 해야 한다고 했다.

"할머니, 절 받으셔야 된대요."

할머니는 무슨 절이냐며 손사래를 치지만 이미 할머니는 무릎을 굽혀 자리에 앉은 채다.

"새해 복 많이 받으세요."

나와 동생은 엄마, 아빠 대신 입으로 말한다. 외할머니 집은 무척 좁아 외할머니와 외할아버지, 장성한 9남매와 손녀, 손자들이 모여 앉으면 꽉꽉 들어찬다. 식구들은 공간에 조화롭게 자리하며 잠을 자거나 TV를 보거나 담소를 나눈다. 이 많은 사람들이 한집에 모일 수 있다는 게 정말이지 놀랍다.

엄마는 오랜만에 언니와 오빠를 만나 신난 표정이다. 오빠들도 동생 경희가 손으로 말하는 남자와 함께 살며 밥벌이를 한다는 것이, 손으로도 말하고 입으로도 말하는 딸과 아들을 낳아 키우는 것이 대견하다는 표정을 짓는다.

외할머니는 연신 네 엄마 무시하지 말라고, 경희가 어렸을 때는 말도 하고 진짜 똑똑했다고 말한다. 나는 고개를 끄덕이며 어색하게 웃는다.

엄마는 호영 오빠가 지금 하는 일이 뭐고 일은 잘되고 있는지 묻는다. 통역을 하기 전에 나는 손을 작게 움직여 호영 오빠가 누구냐고 묻는다. 엄마는 검지를 들어 호영 외삼촌을 지목한다.

"아, 저기요…… 호영, 호영……"

우물쭈물하며 입을 열자 엄마의 오빠는 말한다.

"아, 호영이?"

"네, 그분. 지금 뭐하시고 일 잘되는지 물어보래요."

어떤 호칭으로 불러야 하는지 몰라 애매하게 지칭한다. 내 앞에 앉아 있는 그분을 호영 외삼촌이라고 부르면 된다는 걸 알게 된 것은 그로부터 몇 년의 시간이 지나서다.

다시 스타렉스를 타고 집으로 돌아오는 길은 유독 짧게 느껴진다. 온종일 통역하느라 지친 나는 스타렉스에 타자마자 코를 곤다. 엄마도 마찬가지다. 아빠 역시 중리동에서 제사를 지내고 태평동에서는 점잖게 앉아 있는 일을 하느라 고단하지만 그에게는 우리를 무사히 집까지 데려다주어야 하는 임무가 있다.

"보아, 이어나! 집!"

아빠가 우리를 흔들어 깨우면 명절의 일정이 끝났음을 의미한다. 마지막 할일이 남았다. 아빠는 내 등을 떠민다.

"전화."

나는 졸린 눈을 비비며 042로 시작하는 전화번호를 누른다.

"여보세요? 할머니. 나 보라. 지금 안성 집에 도착했어. 아빠도 잘 있고 엄마도 잘 있어. 잘 도착했으니까 걱정 말고 주무세요."

동생 역시 전화를 할 수 있지만 이 일은 조금 더 어른스럽고 조금 더 통역을 잘하는 나의 몫이다.

나는 다시 한번 번호를 누른다. 태평동 할머니에게도 전화해야 한다. 두 분 다 우리의 안부를 궁금해하기 때문이다. 엄마와 아빠는 가방을 내려놓고 내 옆에 앉아 '건강'이라는 단어를 두 팔을 움직여 표현한다.

"할머니, 할아버지. 엄마, 아빠가 건강하게 오래오래 사시라고 전해달래요. 안녕히 주무세요."

엄마와 아빠, 그들의 엄마와 아빠는 서로가 잘 지낸다고 묵묵히 믿는다. 나는 그 사이에 앉아 서로의 안부를 목소리와 눈빛으로 확인하고 전달한다.

"누나, 나 만화 볼래, 응?"

경기도 성남에서였다. 호떡과 풀빵을 구워 파는 엄마와 아빠는 늦은 저녁이 되어서야 집에 돌아왔다. 엄마와 아빠를 기다리며 나와 동생이 할 수 있는 것은 TV를 보는 일이었다. 동생은 만화를 보겠다며 떼를 썼고 나는 상어와 고래가 나오는 해양 다큐멘터리 프로그램을 봐야 한다고 우겼다.

영화는 세상과 나를 이어주었다. 맞벌이를 하던 엄마와 아빠 대신 지구 곳곳으로 나를 안내했다. 볼록하고 네모난 창을 통해 고지대에 사는 티베트 사람을 만나 친구가 되었고 눈이 커다랗고 깊은 인도 사람을 마주했다. 목을 길게 빼고 TV 삼매경에 빠지면 어느 순간 집안 전체가 노랗게 반짝였다. 엄마와 아빠가 일을 마치고 돌아온 것이다.

1990년대 중반: 팩스와 삐삐의 시대

"보아! 과희!"

엄마와 아빠는 우리의 이름을 크게 불렀다. 나와 동생은 누가 먼저랄 것도 없이 아빠의 너른 어깨에 매달렸다. 아빠는 천하장사였다. 우리는 아빠의 팔에 대롱대롱 매달렸고 아빠는 양팔에 우리를 달고 거실까지 걸어들어왔다.

짐 가방을 내려놓은 아빠는 가장 먼저 팩스를 확인했다. 하루종일 엄마와 아빠를 애타게 찾았던 글자들이 주인을 만나는 순간이다. 글귀와 글귀 사이에는 점선이 있는데 몇 통의 팩스가 도착했는지 구분하는 선이다. 글마다 글씨체가 달랐고 문법이 달랐으므로 누가 그 팩스를 보냈는지 알아차리는 일은 어렵지 않았다. 가끔 보내는 이가 종이의 방향을 잘못 넣고 '보내기' 버튼을 누르면 우리집 팩스에는 하얀 면만 빼곡하게 인쇄되어 올라왔다. 아빠는 종이를 부욱 찢어 종이 뒷면에 '다시 보내주세요'라고 적어 회신했다.

서랍에는 늘 동그랗게 말린 팩스 용지가 있었다. 아빠는 팩스 용지가 떨어지면 비닐을 뜯어 기계 안에 넣었다. 받은 팩스의 뒷면은 팩스 답장 용지로 쓰였다. 종이의 앞면은 매끄러워 글씨를 쓰기에는 부적합했다. 뒷면은 앞면과 비교했을 때 매끄러운 정도가 덜했기에 펜이나 연필로 쓰기에 알맞았다.

아빠는 또다시 내 이름을 집안이 떠나갈 정도로 크게 불렀다.

"보아!"

"아빠, 그렇게 크게 부르지 않아도 된다고!"

나는 아빠 옆에 앉았다.

"이 문장, 이렇게 쓰는 거 맞아?"

아빠는 종이 한 장을 내밀었다.

오늘 장사 돈 조금 벌었. 토, 일 강원도 양양 축제 참석 하겠구. 경기도 안성 공읍도 만나자.

나는 펜을 들어 아빠의 문장을 고쳤다.

오늘 장사 돈 조금 벌었어. 토, 일요일에 강원도 양양의 축제 참석 예정. 경기도 안성 공도읍에서 만나자.

아빠는 세 글자 이상 넘어가는 단어를 잘 외우지 못했다. 엄마도 마찬가지였다. 엄마는 찜질방을 '찜방질'로, 목욕탕을 '목탕욕'이라고 적고, 이쑤시개를 '이쑤개비'라고 했다.

그러나 농인 사이의 의사소통에는 전혀 문제가 없었다. 'ㅉ+ㅣ+ㅁ+ㅈ+ㅣ+ㄹ+ㅂ+ㅏ+ㅇ'이라는 글자가 아니라, 양어깨에 양손을 올리고 손가락을 밀어 손가락끼리 맞대는 수어로 명확하고 간결하게 표현할 수 있기 때문이다. 찜방질과 목탕욕 같은 철자 오류는 2차 언어인 한국어를 사용했을 때 나타나는 실수였다.

나는 팩스 문장을 받아 적고 '보내기' 버튼을 눌렀다.

"삐~ 삐리리리리. 삐리리리리."

팩스 소리가 들리면 나와 동생은 누가 먼저랄 것도 없이 팩스를 향해 달렸다. 팩스가 전화기 기능도 포함하고 있었기 때문이다. 할머니와 친척들의 전화를 받기 위해서는 신호음이 팩스인지 전화인지 구분해야 했다. 우리는 달렸다. 달려야만 했다. 팩스는 자동으로 수신되는 방식이었고, 전화는 삐~ 삐리리리리, 삐리리리리 하는 두 번의 신호음 사이에 수화기를 들지 않으면 자동으로 팩스로 넘어갔다. 나와 동생은 두 번의 신호음 사이에 "여보세요" 하고 수화기를 들어 전화인지 팩스인지 확인했다. 수화기를 들었을 때 삐, 하고 신호음이 들리면 팩스였고 사람 목소리가 들리면 전화였다. 팩스일 경우 버튼을 눌러 팩스로 다시 연결시켜 문제가 없도록 해야 했다.

엄마, 아빠는 이런 걸 알 턱이 없었다. 나와 광희는 경험을 통해 일상의 지혜를 조금씩 축적해갔다. 팩스의 파란색 송신 버튼과 빨간색 취소 버튼은 얼마나 눌러댔는지 그 위에 프린트되어 있었을 '송신'과 '취소' 글자를 가늠하기 어려웠다.

엄마와 아빠는 집에 있을 때면 팩스를 사용했고 장사를 나갈 때면 삐삐를 사용했다. 삐삐는 '힙한' 통신 기기였다. 엄마와 아빠는 허리춤에 삐삐를 차고 다녔다. 손바닥에 쏙 들어갈 만한 수첩도 함께였다. 한국농아인협회에서 보급한 삐삐수첩에는 농인들 간의 암호가 수록되어 있었는데 가령 72*00*8255*30 8282119 같은 것이었다.

청인은 삐삐를 간단한 숫자 메시지를 전달하고 공중전화를 통해 녹음된 메시지를 주고받는 용도로 사용했지만 농인들은 달랐다. 72는 발신자 이름, 00은 지금, 8255는 빨리 오세요, 30은 부산역, 8282는 빨리빨리, 119는 무척 급함을 의미했다.

엄마와 아빠는 삐삐수첩을 보고 '어디서 만나자' '가고 있다' '오늘 못 가' 같은 간단한 메시지를 전달했다. 농인 삐삐수첩은 기발했다. 애정과 사랑을 표현하는 숫자도 있었고, 약속을 잡거나 취소하는 숫자도 있었다. 숫자로 된 기호의 세계였다. 엄마와 아빠는 허리춤에 찬 기기를 통해 손으로 말하는 사람들의 세상으로 들어가고 나오기를 반복했다.

나중에 커서 돈을 많이 벌게 되면 가장 먼저 사고 싶은 것이 바로 자막수신기였다. 나와 동생은 TV로 만화도 보고 다큐멘터리 프로그램도 보고 드라마도 봤지만, 엄마와 아빠는 입으로 말하는 사람들을 눈으로 구경할 수밖에 없었다. 네모난 사각형 상자 안에는 수어통역도, 자막통역도 없었기 때문이다. 나는 매번 TV 속에 등장하는 사람들의 말을 수어로 옮겨야 했다. 어렵고 복잡했다. 그러나 농인 부모에게는 별다른 방법이 없었다. 돈을 벌면 자막수신기를 구입해 엄마와 아빠에게 선물하고 싶었다. 그러던 어느 날, 아빠가 까만 기계를 들고 왔다. 자막수신기라고 했다.

"어디서 샀어?"

"나라에서 농인 위해 나눠준다."

아빠는 기계 뒤에 선을 꽂았다. TV에 연결하고 전원 버튼을 누르니 아날로그 특유의 소리를 내며 켜졌다. 안테나 방향이 잘못되었는지 TV는 지직거렸다. 나는 TV를 텅텅 내리쳤다. 신기하게도 손맛을 알아챘는지 화면이 제대로 잡혔다.

TV에 글자가 하나둘씩 떠올랐다. 뉴스 시간이었다. 엄마와 아빠는 홀린 듯 눈을 떼지 못했다. 신세계였다. 새로운 세상이 펼쳐졌다. 나는 드라마 속 여자 주인공의 말을 옮기지 않아도 되었다. 남자가 여자를 사랑해서 키스를 하고 있다는 상황 설명을 할 필요가 없었다. 한 도시에서 연쇄살인범이 잡혔는데 28세라는 뉴스를 통역하지 않아도 되었다. 그러나 그것도 잠시, 엄마는 팔을 쿡쿡 찔렀다.

"저 문장 무슨 뜻?"

엄마는 문장 자체를 이해하지 못했다. 자막수신기는 말 그대로 한글 자막을 수신하는 기기다. 엄마와 아빠의 언어는 한국어가 아닌 수어다. 첫번째 언어로 한국수어를 사용하는 농인이 어순도, 문법도, 구조도 다른 한국 문자언어를 사용하려면 질 높은 교육이 필요하다. 하지만 둘은 그런 교육을 받지 못했다.

한국어 문장을 수어로 풀어 설명해야 했다. 게다가 자막은 주인공이 대사를 한 후 몇 초 지나서 올라왔기 때문에 엄마는 주인공들이 화면에서 지나가고 나서야 대사 내용을 파악할 수 있었다. 내가 먼저 감동하고 눈물을 흘리고 있으면 엄마는 약간 김이 샌 채로 뒤늦게 감동했다. 우리는 함께 드라마를 봤지만 함께 손뼉 치며 울고 웃을 수 없었다. 자막은 엄마 아빠에게 또 하나의 외국어였다.

그 무렵 아빠는 휴대폰을 구입했다. 정확히 얼마인지는 몰랐지만 당시 휴대폰은 매우 비싼 물건이었다. 휴대폰은 유선전화를 사용할 수 없고 전국 방방곡곡을 다니며 장사를 하는 농인 부모에게 필수품이었다. 상대적으로 저렴하고 휴대가 가능한 삐삐가 있었지만 삐삐는 정확한 정보를 일러줄 수 없었다. 팩스는 집에 있을 때만 사용할 수 있는 통신 기기였다. 휴대폰이 보급되자 엄마와 아빠는 한 대를 함께 사용하며 농인들과 소식을 주고받았다. 집밖에서 소식을 정확히 전할 수 있다니. 혁신이었다.

"보아, 팝, 팝, 이음 가고아."

엄마는 내가 집에 있음직한 시간에 전화를 걸었다. 수화기를 들면 엄마는 말하고 싶은 문장의 한 부분을 목청껏 외쳤다. 들을 수 없으니 상대방이 전화를 받았는지 안 받았는지 알 수 없었다. 엄마는 전화번호를 누른 후 남들이 하는 것처럼 전화기를 귀에 대고 말했다. 나는 천천히 엄마의 문장을 해독했다.

"보라, 밥, 밥, 지금 갖고 와."

신기하게도 엄마가 어떤 단어를 발음하고 있는지 무슨 말을 하는지 알 수 있었다. 엄마는 엄마만의 방식으로 말한다는 걸, '밥'을 '팝'이라 부르고 '지금'은 '이음'으로 발음한다는 걸 나는 그 누구보다 잘 알았다. 엄마는 전화를 끊지 않고 계속 목소리를 냈다.

알았다고 대답했지만 엄마는 내가 짜증을 내는지 지겨워하는지 자신의 말을 잘 듣고 있는지 전화가 끊어졌는지조차 알지 못했다.

"알았어, 알았다고."

엄마가 아침에 해놓은 밥을 도시락통에 담았다. 별다른 반찬은 없었지만 밥과 김치만 가져다줘도 좋아했다. 할머니는 종종 부러워했다.

"상국이가 뭐라는 겨? 네 엄마가 그렇게 말하든?"

할머니는 수어를 몰랐다. 문자 메시지를 보낼 줄도 몰랐다. 엄마와 아빠의 발음 또한 알아듣지 못했다. 할머니는 부모와 소통할 수 있는 나와 동생을 부러워했다.

"우리 때는 그런 걸 가르쳐주는 데가 없었어. 상국이를 귀머거리에 벙어리라고 불렀지."

중학생이 되자 엄마와 아빠는 휴대폰을 사줬다. 할머니는 종종 내게 전화를 걸어 아빠의 안부를 물었다. 작은아들에게 전화하고 싶을 때도 내 번호를 눌렀다.

"내가 맨날 너를 힘들게 하고. 미안하다. 어디 이런 걸 말할 데가 있어야지."

나는 할머니의 아쉬움 섞인 목소리를 귀로 듣고 고개를 끄덕이며 그 내용을 수어로 통역하거나 문자 메시지로 받아 적어 전달했다.

2003년: 휴대폰 영상통화 및 화상전화기의 보급

휴대폰이 핸드폰이 되었다. 영상통화 기술의 도입은 눈 깜짝

할 사이에 이루어졌다. 또래 친구들과 비교하여 나는 핸드폰을 비교적 빨리 갖게 된 편이었는데 부모와 전화 통화를 할 수 없기 때문이었다.

핸드폰은 백만 원을 호가하는 물건이었다. 엄마는 학교와 학원, 독서실을 오가며 집밖에서 오랜 시간을 보내는 나를 위해 핸드폰을 사주었다. 그러나 핸드폰으로 영상통화를 하기는 조금 어려웠다. 비싼 요금도 이유였지만 화면이 작아 얼굴과 손을 제대로 볼 수 없었기 때문이다. 당시 청인들 사이에는 영상통화 기능을 쓰는 사람이 별로 없어 핸드폰 카메라를 향해 손을 흔들면 거리에서 시선이 집중되곤 했다.

엄마는 영상통화를 선호했으나 나는 문자 메시지가 편했다. 엄마는 집으로 돌아오면 핸드폰 대신 화상전화기를 사용했다. 농아인협회를 통해 보급된 화상전화기로 농인들은 장소와 요금에 구애받지 않고 마음껏 수다를 떨었다. 표정과 몸동작을 생생히 담아내기엔 화면이 너무 작았고 속도가 느리긴 했지만. 엄마와 아빠는 눈앞에서 두 손바닥을 겹쳐가며 움직였다. '시야를 가린다'라는 수어, '뿌옇다' '잘 안 보인다'라는 수어였다.

"너희 엄마, 문자 메시지도 보낼 줄 아서? 짱!"

친구들은 부모와 문자를 주고받는 나를 보고 엄지손가락을 들어올렸다. 엄마와 아빠는 어딜 가나 핸드폰을 들고 다녔다. 일주일에 한 번 겨우 만나 막차가 끊길 때까지 온종일 손과 표

정으로 일주일간의 이야기를 주고받았다는 농인들의 에피소드
는 옛날이야기가 되어갔다.

2012년: 스마트폰의 등장

　　—스마폰 그거 뭐? 좋대.
　　—기다려. 전화기 바꾸고 영상통화 할게.

　스마트폰이 출시되자 주변 친구들은 너도나도 스마트폰을
구입했지만 나는 여전히 슬라이드폰을 고집했다. 사실 나는 아
이폰이 갖고 싶었다. 그러나 엄마가 문제였다. 아이폰을 사게
되면 엄마와 영상통화를 할 수 없었다.
　아이폰의 영상통화, 페이스타임 기능은 같은 애플 제품끼리
만 가능했다. 문자 메시지로도 소통할 수 있지만 '밥 먹었어?'
'언제 와?' '어디야?' 등의 간단한 내용만 가능했다. 엄마와 나
는 문자를 주고받다가 무슨 말인지 답답해져 '영상통화' 버튼을
누르곤 했다.
　이런 고민을 토로하는 글을 SNS에 올렸더니 지인 중 한 명
이 핸드폰을 두 대 쓰는 것은 어떻겠느냐며 쓰지 않는 공기계
를 하나 주겠다고 했다. 평소에는 아이폰을 쓰되 영상통화를 할

때는 유심카드를 옮겨 다른 핸드폰으로 영상통화를 하면 되지 않겠느냐는 거였다. 번거로웠지만 아이폰을 쓰기 위해서는 어쩔 수 없었다.

그런데 엄마도 스마트폰을 쓰고 싶다고 했다. 스마트폰은 비쌌다. 문자 메시지만 사용하면 되었기에 많은 기능이 없는 '0원 핸드폰'을 쓰고 갈아타고를 반복했던 엄마와 아빠에게는 꽤 부담되는 금액이었다. 그럼에도 2년 약정으로 구입하겠다고 했다.

"정말? 정말 스마트폰 쓸 거야? 잘 쓸 수 있어? 사용법 모르잖아."

간단하게 동영상을 찍어 올릴 수 있는 기능을 활용해 얼굴 표정과 수어를 찍어 비디오 메시지를 주고받기도 한다.

반신반의했다. 무용지물이 되면 어쩌나, 사용법을 잘 익히지 못하면 어쩌나, 비싼 걸 잃어버리기라도 하면 어쩌나. 내 지갑 털어 사는 것도 아닌네 괜히 아까운 마음이 들었다.

고민 끝에 화면 넓은 스마트폰을 두 개 골랐다. 내가 했던 걱정은 기우에 불과했다. 농인은 그 누구보다도 스마트했다. 엄마와 아빠는 언제 어디서나 장소에 구애받지 않고 영상통화를 했다. 단체 채팅방을 만들어 서로에게 자신의 표정을 스티커를 통해 전달했다. 스티커만으로 댓글 대화가 가능했다. 입술 대신 얼굴 근육을 움직여 소통하는 농인의 세계에서 스마트폰은 또 다른 방식으로 기능했다. 스마트폰은 농사회와 청사회의 경계를 천천히 허물었다.

나는 그냥 '보라'이고 싶어

　독일 영화 〈비욘드 사일런스〉(1996)의 주인공 라라는 나처럼 농부모에게서 태어나 수어와 음성언어를 습득한 코다다. 라라는 동생이 태어나기 전까지 가족 중 유일하게 말을 하고 들을 수 있는 아이였기에 언제 어디서나 부모의 언어를 통역해야 했다. 어느 날 라라의 엄마는 학교에 찾아가 조퇴를 하고 은행에 가자고 한다. 라라는 은행에서 적금 중도해지와 관련한 통역을 한다. 어렵다는 답변이 돌아온다. 화가 난 부모에게 라라는 그래도 어렵다는 말을 통역해야 하는 난감한 상황에 처한다. 학부모 상담에서 라라는 자신의 읽기 실력이 부족해 학교 수업을 따라가지 못한다는 것도 스스로 통역해야 한다.

　나는 라라의 처지를 이해했다. 라라 부모님의 마음 역시 알았다. 라라는 그 누구도 아닌 라라 자신이고 싶어했다. 부모 역시 라라가 자신의 옆에 있어주는 딸이길 바랐다. 라라는 클라리넷을 배우고 싶었고 큰 도시로 나가고 싶었다. 농인인 부모는 그런 라라를 쉽게 이해하지 못했다. 들리는 세계와 들리지 않는 세계는 충돌했다.

나도 그 누구도 아닌, 농인 길경희와 농인 이상국의 첫째 딸이 아닌, '보라'이고 싶었다. 언제 어디서나 부모님이 듣지 못한다는 걸 가장 먼저 말해야 하는 일. 주눅 들지 않고 밝고 씩씩한 표정으로 지내야 하는 일. 혹시라도 누군가 부정과 연민의 시선으로 바라보면 부모보다 먼저 알아채는 일. 누군가 기분 나쁜 말을 하면 통역하지 않고 내 선에서 걸러내는 일. 절대로 화를 내거나 울음을 터뜨리지 않는 일. 부모에게는 세상의 부정적인 소리와 나쁜 말을 전달하지 않는 일. 그 모든 것에서 벗어나고 싶었다. 부모의 세상을 사랑했지만 홀로 짊어지기에는 무거웠다. 장애, 선입견, 고정관념, 그 모든 것과는 상관없이 그저 '나'이고 싶었다.

오직 오롯이 마주하고 싶어서

나는 타지에 있는 고등학교에 입학했다. 그제야 누군가의 딸이 아닌 ○○고등학교 1학년 3반의 보라, NGO 활동가 혹은 다큐멘터리 PD를 꿈꾸는 보라가 될 수 있었다.

다른 세계가 궁금했다. 어렸을 적 TV에서 만났던 바닷속 세계가 궁금했고 그안의 체계와 질서를 알고 싶었다. 한국인과 비슷한 생김새를 갖고 있는 티베트인은 독립을 염원하며 분신자살을 하며 투쟁한다던데, 실제로 그들은 어떤 문화 속에서 사는지 만나보고 싶었다. 책을 통해 접하는 세계 곳곳의 분쟁지역은 종교와 인종, 민족 간의 갈등 등으로 첨예하게 대립했다. 싸우는 이들 옆에 있고 싶었다. 나와 다른 결을 지닌 이들의 세계가 궁금했다.

진로 및 진학 상담을 하면 어른들은 이렇게 말했다.

"다큐멘터리 PD가 되려면 수학 문제를 열심히 풀고, 영어 단어를 하나라도 더 외워서 고등학교를 우수한 성적으로 졸업해야 해. '좋은' 대학에 들어가서 스펙을 열심히 쌓은 다음 언론고시를 준비해서 방송국에 입사하면 조연출이 되는데, 몇 년 동안 열심히 일하면 PD가 될 수 있어."

이상했다. 나는 다큐멘터리 PD가 되고 싶고 활동가가 되고 싶은데 그러기 위해서는 수학 문제를 풀고 영어 단어를 외워야 한다고 했다. 이 역시 다큐멘터리 PD가 되는 길이겠지만 분명 더 정확하고 명징한 길이 있을 거라고 생각했다. 현장의 사람들이 어떻게 투쟁하고 있고 그들의 현실은 어떻게 구성되어 있는지 이해하는 일이 먼저라고 생각했다.

학교를 그만두었다. 책가방 대신 배낭을 메고 그들의 세계로 들어섰다. 학교는 원하면 다시 다닐 수 있지만 나의 열여덟, 열아홉 살의 날은 돌아오지 않는다. 열여덟 살에 만나는 인도, 열아홉 살에 걷는 네팔은 단 한 번뿐이다. 그동안 꿈꿔왔던 아시아 사람들의 세계로 걸어들어갔다.

또다른 문화를 만나다

흥미로운 곳이었다. 길을 걸을 때마다 책에서 읽었던 풍경이 눈앞에 펼쳐졌다. '인도 사람들은 짜이를 마시는 걸로 하루를 시작한다던데.' 나는 어느새 짜이 한 잔을 마시지 않고는 하루를 시작할 수 없다는 말을 현지인처럼 하고 있었다.

인도 북부로 올라가 티베트 망명정부가 위치한 다람살라에서 한 달을 지냈다. 티베트 난민 아이들을 돌보는 탁아소에서 자원 활동을 하며 티베트를 몸으로 만났다. 그들의 생활을 보고 듣고 경험하는 것은 책을 읽는 것과는 다른 경험이었다. 몸으로 하는 배움의 경험은 머리로 하는 공부만큼 짜릿했다.

엄마와 아빠는 내내 걱정했다. 두 눈으로 볼 수 없다는 것이 두 사람에게는 공포였다. 광희가 누나는 잘 있다고 얘기해도,

내가 잘 지내고 있다고 이메일을 보내도 엄마와 아빠는 믿지 못했다. 농인의 세계에서 눈으로 확인할 수 없다는 것은 믿을 수 없다는 것과 같은 의미이기 때문이다.

농인은 고집이 세다고들 한다. 의심도 많고, 남들이 하는 말을 쉽게 믿지 않는 경향이 있다고도 한다. 농인은 시각을 통해 많은 정보를 얻는다. 청인 역시 시각에 의존하지만 그보다 더 의존도가 높다. 청인은 소리를 통해 정보를 얻지만 농인은 그럴 수 없다. 나는 설거지를 하며 뉴스를 듣고 고개를 끄덕이며 새로운 정보를 습득하지만, 엄마는 설거지를 마치고 TV 앞에 앉아야만 뉴스를 접할 수 있다. 그러나 제대로 된 수어통역이 없을 경우 내용을 파악하기 어렵다. 한글 자막은 제2외국어나 마찬가지라 쉽게 이해할 수 없다. 이 같은 이유로 농인은 수어를 통해 많은 정보를 얻는다. 농인 친구가 해주는 이야기, 그랬다더라 식의 농인만의 '카더라 통신'에 의존하게 된다. 언어도 문화도 생소한 외국을 여행하게 되면 같은 말을 사용하는 한국인이 주는 정보를 굳게 믿게 되는 것처럼 말이다.

그래서 엄마 아빠는 사기도 많이 당했다. 농인 친구들끼리 계를 한 적이 있는데 중간에 한 사람이 곗돈을 갖고 도망쳤다. 천만 원 정도 되는 돈이었다. 집안이 발칵 뒤집어졌다. 초등학교 저학년 때의 일이지만 사건을 정확히 기억한다. 그 과정 역시 내가 통역해야 했기 때문이다.

'우리 엄마 아빠는 사기를 당했어. 그것도 천만 원이나!'

말려들고 싶지도 않았고 생각하고 싶지도 않았지만 통역을 위해서는 사건을 파악하고 이해해야 했다. 엄마는 어쩔 수 없이 계를 했다. 은행에서 대출을 받기가 어렵기 때문이다. 부모는 번듯한 직장에 다니지도 않았고 수입도 일정하지 않았다. 제대로 된 교육을 받을 수 없는 현실은 계층 이동을 불가능하게 했다. 엄마와 아빠를 비롯한 농인은 제1금융권인 은행에서 대출을 받기 어려워 친구들끼리 돈을 빌렸다. 청인들은 친구 사이에는 돈을 빌리면 안 된다고 했지만 농인들은 서로 돈을 빌리고 갚고 빌려주기를 반복했다.

보라야. 오늘 보라와 광희가 너무 보고 싶어 미쳐 죽겠어. 무덤에 가고 싶다. 삶의 욕심이 점점 싫어진 것 같다.

엄마는 마음을 담아 메일을 썼다. 내가 돌아오기를 목이 빠져라 기다렸다. 딸이 인도 어디서 납치를 당한 것은 아닌지, 밥은 잘 먹고 다니는지, 버스 사고라도 당한 것은 아닌지 걱정했다. 매일 사진을 찍어 보내라며 당부했다. 안전하게 다니고 경험하고 배우면서도 부모님께 사진 찍어 보내는 일을 빼먹지 않았다. 다른 여행자들은 국제전화 부스에 들어가 전화기를 부여잡고 보고 싶은 이들에게 전화를 했지만 나는 딱히 전화할 곳이 없었다. 수화기 대신 키보드를 잡았다.

내가 본능적으로 원하는 것

집을 떠나 여행길에 오른 나는 '열여덟 살의 여행자 보라'였다. 그런데 사람들은 자꾸만 물었다.

"왜 엄마한테 전화를 안 해? 그래도 돼?"

"너는 말을 할 때 손을 참 많이 쓴다. 표정도 그렇고."

그럴 때마다 어쩔 수 없이 나의 정체성을 설명해야 했다. 그를 위해서는 농인 부모의 존재까지 말해야 했다.

"너 어떻게 저 사람이랑 말이 통해?"

내게는 수많은 인파 속에서도 가장 먼저 농인을 찾아내는 재주가 있었다. 입으로 말하는 사람들 사이에서 손으로 말하는 사람들이 눈에 보였다. 반가운 마음에 달려가 우리 부모도 농인이라고 한국수어로 말하면 인도수어로 답이 돌아왔다. 농인은 시야가 넓고 눈치가 빠른 특성을 가지고 있는데 수어를 1차 언어로 배운 나 역시 그랬다. 시각을 기반으로 한 수어를 사용하기에 그 누구보다 시각이 주는 정보에 민감했다. 소리에도 예민했는데 가청주파수 영역이 또래 친구들에 비해 넓기도 했다. 선생님은 시끄럽고 큰 소리를 상대적으로 적게 들으며 자랐고 음악 역시 늦게 접한 것이 이유일 거라고 했다. 나는 종종 소리를 꺼 놓은 채 TV를 봤다. 나와 동생은 소리를 들을 수 있지만 소리 없는 환경에도 익숙했다. 부모는 음악을 듣지 않았다. 영화관에 가는 취향도 없었다. 침묵의 세계였다. 고요함 속에서 우리는 수어로 시끄럽게 이야기꽃을 피웠다.

손이 근질거렸다. 열여덟 살에 인도를 여행할 때도, 스무 살에 대학에 입학해 서울에 올라와 공부할 때도 종종 목이 아팠다. 청인들은 목청을 높여 이야기했고 시끄럽게 떠들었다. 도시는 음성언어로 말하는 사람들로 넘쳐났고 온갖 소리들로 가득했다. 나는 더이상 부모님이 청각장애인이라고 소개하는 초등학생 보라가 아니었다. 엄마와 함께 은행에 가지 않아도 되었고, 부모 대신 이사 갈 집의 전세금을 물어보지 않아도 되었다.

부모로부터 독립함과 동시에 수어와 농문화로부터 벗어날 수 있을 거라 생각했다. 그러나 입술 대신 눈썹과 손가락을 움직이는 소통을 하고 싶을 때가 있었다. 그럴 때면 엄마에게 영상통화를 걸었지만 충분하지 않았다. 카페에서 누가 더 크게 말하는지 목청 겨루기 대회를 하는 게 아니라 눈썹을 위아래로 올려 대답하기, 내가 당신의 말을 경청하고 있다는 걸 입술을 움직여 말하는 게 아니라 상대방의 눈을 보고 고개를 끄덕이기, 말로 싸우는 게 아니라 손을 움직이며 다투기. 그런 것이 하고 싶었다. 머리가 아닌 몸이 본능적으로 원했다.

하지만 시각언어와 음성언어라고 하는 완전히 다른 언어를 모어로 하기 때문에, 제 안에는 굉장히 특수한 언어 운용 상황이 나타난 것이 아닌가 생각합니다. (…) 전에 어머니께서 저를 어떤 마음으로 길렀는지 물었더니, 어머니께서는 "너를 농인으로 길러왔다"고 대답하셨습니다. (…) 코다는 귀도 들리고 손도 움직입니다. 원하건 원하지 않건 생활의 여러 장면에서 그 능력을 발휘합니다만, 특히 시각언어인 수어를 볼 때 코다로서의 능력이 현저하게 발휘됩니다. 예를 들어, 음성언어로 생활해 온 사람에게 보이지 않는 차이가 확실하게 보이고 복잡한 손의 움직임이라도 그 움직임의 궤적이 그대로 머리에 남고, 더욱이 그 궤적이 컴퓨터 그래픽같이 영상으로 기억됩니다.[*]

그러나 주위에는 온통 입으로 말하는 사람들뿐이었다. 음성 언어와 수어를 함께 사용한다면 세상은 얼마나 고요할까, 얼마나 아름다울까. 대화를 하다보면 그런 생각이 들었다. 언어의 경제성에 따라 음성언어가 아닌 수어를 사용했을 때 더 효율적인 순간이 있었다. 음성언어로는 이만큼 말해야 설명할 수 있지만 수어를 사용하면 3차원의 공간과 얼굴 표정을 사용하여 단번에 말할 수 있었다. 그럴 때마다 음성언어가 얼마나 비경제

---

[*] 요나닌아먀 외, 『농문화의 이해』, 김상화 외 옮김, 농아사회정보원, 2002.

적인 언어인지에 대해 생각했다. 길거리에서 우연히 마주치는 농인은 선율에 맞춰 손을 움직였고 배우가 연기를 하듯 표정을 풍부하게 사용했다. 힐끔힐끔 쳐다보다 몸이 근질거리는 것을 참을 수 없어 그들에게 다가섰다.

"우리 부모도 농인이에요. 만나서 반가워요!"

영화 〈비욘드 사일런스〉에서 라라는 손으로 말하는 사람들을 보고 반가운 마음에 그들을 쫓아간다. 나도 라라처럼 그들을 쫓았다. 나의 정체성에 질문을 던졌다. 파고가 거세졌다.

3부

고요하고 반짝이는
세상들

할머니들의 경고

태국어를 배우려고 교류수학 제도를 이용해 타학교 태국어 과목 수강 신청을 했다. 싸왓디-카. 우리는 태국어를 배우며 친해졌다. 그는 직업군인이라고 자신을 소개했다. 2년 동안 외국어 교육 과정으로 학교에 잠깐 다니고 있다고 했다. 여행을 다니며 서바이벌 태국어를 습득했던 나는 수업을 통해 태국어에 다섯 개의 성조가 있다는 걸 알게 되었다. 그러나 말만 배웠을 뿐이라 한 글자도 쓸 수 없었고, 전공생 위주로 진행되는 수업 진도도 따라가기 쉽지 않았다. 기역, 니은, 디귿과 같은 기초 철자부터 배워야 했다. 수업에는 아는 사람이 없었다. 도와주겠다고 나선 그의 도움에 전적으로 의존했다. 우리는 점차 가까워졌다.

그는 예술학교에 다니며 글을 쓰고 영화를 만드는 나를 신기해했다. 나는 군인을 직업으로 삼은 그가 흥미로웠다. 그가 속한 세계에는 질서가 있었는데 내가 속한 세상과 완전히 다른 그의 이야기들을 듣는 것이 즐거웠다.

며칠 후 할머니에게 전화를 걸었다.

"할머니, 나 남자친구 생겼어."

"그려? 뭐하는 사람이여?"

"군인. 직업군인이래."

"그 사람한테 엄마, 아빠가 장애가 있다고 말했어?"

"당연하지."

나는 아무렇지 않게 대답했다.

내가 디딘 세상

요즘 어떻게 지내느냐는 엄마의 물음에 남자친구가 결혼하자고 했다고 대답했다. 엄마는 눈을 휘둥그레 떴다.

"만난 지 두세 달 정도밖에 안 돼서 당황했는데 생각해보니 괜찮은 것 같아. 그 사람은 군인이라 빨리 결혼하고 싶어하더라고. 미국으로 대학원 가는 것도 좋겠지만 결혼해서 함께 사는 것도 나쁘지 않다고 생각해."

엄마는 고개를 흔들었다. 내 꿈을 이루는 일이 훨씬 중요하다고 했다. 매일같이 청혼하는 그에게 익숙해진 후였다. 직업군인은 보통 일찍 결혼한다고 수어로 설명했다. 엄마는 결혼은 아직 이르니 조금 더 생각해보라고 했다.

결혼은 어떤 걸까? 하고 나면 안정적인 삶이라는 것이 찾아올까? 결혼한 친구를 만날 때면 결혼 후 삶이 어떻게 변하는지 물어봤다. 결혼을 하지 않은 친구에게는 남자친구가 결혼하자고 한다는 이야기를 꺼냈다.

대통령 선거를 앞둔 어느 날, 그와 내가 다른 후보를 지지한다는 걸 알게 되었다. 큰 논쟁으로 번졌다. 그는 지인 대부분이 그 후보를 지지한다며 목소리 높였다. 나는 그 반대였다. 사랑하는 사람이 나와 다른 후보를 지지한다니 절망스러웠지만 그럴 수 있다고 여겼다. 문제는 거기서 그치지 않았다. 민감한 사건들이 터질 때마다 그와 나는 다른 편에 서 있었다. 그는 내게 영화 작업을 계속할 것인지 물었다.

"당연하지. 당신과 결혼하면 나는 해군 기지 옆에서 살겠지만 계속 현장을 오가며 작업할 거야. 글도 쓸 거고."

한 치의 고민 없이 대답했다. 대통령 선거일이 되었다. 그가 어떤 후보에게 투표했을지 매우 궁금했지만 혹시라도 나와 다른 사람을 택했을까봐 두려웠다. 확인하고 싶지 않았다. 떨리는 마음으로 개표 결과를 기다렸다.

"어떤 후보에게 투표했는지 왜 안 물어봐?"

"오빠네 식구들은 다 그쪽 뽑았다며. 어쩔 수 없지. 입장이 다른 건데."

고개를 숙였다. 모든 사람이 나와 같은 뜻을 가지고 있을 수는 없지만 어쩐지 속상했다.

"국방 정책은 좀 아쉽지만 그래도 그 후보가 잘할 것 같아서 네가 지지하는 후보에게 투표했어."

그는 내 어깨에 손을 올렸다. 천안함 피격 사건에 대해서도, 제주 해군기지 건설 문제에 대해서도 그는 나와 다른 입장이었지만 토론하고 논의하며 마음을 맞춰갈 수 있을 거라 믿었다. 종종 정치적인 의견 대립으로 다투곤 했지만 사랑의 힘으로 관계를 회복하기를 반복했다.

학기가 끝나가던 때였다. 방으로 들어서면 온기가 느껴지는 계절이었다. 서둘러 집으로 향했다. 몸을 웅크리며 집으로 들어서자 그가 있었다.

"언제 왔어? 전화라도 하지."

그는 고개를 숙이고 있었다. 옷을 갈아입다 말고 그에게 향했다. 책상 위에 종이 한 장이 놓여 있었다.

"이거 뭐야?"

그는 아무 말도 하지 않았다. 눈도 마주치지 않았다. 검정 펜으로 쓴 글자가 빽빽했다.

나는 어서 결혼을 하고 싶어. 파견 근무를 나와 있는 동안 배우자를 찾는 게 목표여서 선도 보고 소개팅도 했는데 너를 만나 얼마나 행복한지 몰라. 평범한 내가 평범하지 않은 너를 만나는 일이 쉬운 일은 아닐 거라 생각해. 너도 알다시피 우리 부모님은 너와의 결혼을 반대하시잖아. 부모님의 장애가 뭐 그리 큰 문제냐고 말씀드렸는데도 소용이 없네. 내가 부모님을 저버려야 할까? 그만큼 너는 나와의 결혼을 진지하게 생각하는 걸까? 이런저런 생각이 많이 들어. 단기연수를 가기 전에 관계를 좀더 확실히 하고 싶어. 어떡하지?

"그래서, 뭐 어떻게 하자는 거야?" 나는 물었다.

부모가 농인이라는 건 그를 처음 만난 날 했던 이야기였다. 나를 설명하기 위해서는 나의 부모 역시 설명해야 했기에 자연스러운 수순이었다. 다른 사람들이 부모님은 회사 다닌다고 말하는 것처럼 나는 농인 부모를 갖고 있다고 말했다.

편지를 처음부터 다시 읽었다. 빼먹거나 오해한 부분이 있는지 확인하고 싶었다. 고민은 있었지만 결론은 없었다. 나를 만나고 싶다는 건지, 헤어지고 싶다는 건지, 그런 건 정확히 적혀 있지 않았다. 헤어지고 싶냐고 물었다. 그는 고개를 가로저었다.

"설득하면 되는 거니까 지금 이러지 말자. 농인에 대해 잘 모르시니까 그런 거지. 한 번도 만나본 적이 없으니까. 우리 부모님을 만나면 마음을 바꾸실 거야."

그를 다독였다. 다시 한번 잘해보자고 했다. 고개를 끄덕였다. 얼마 후 그는 다시 헤어지자고 했다. 부모님이 강력히 반대한다는 거였다.

"있잖아. 그 이유가 장애 유무 때문이라면 절대 안 헤어질 거야. 왜냐면 그건 절대로 문제일 수도 없고 이유가 될 수도 없거든."

나는 또박또박 힘을 주어 말했다.

할아버지와 할머니 이야기

할머니는 병실에 있었다. 구강암과 폐암으로 몇 차례 수술을 한 할아버지의 병 수발을 들기 위해서였다. 할머니는 복작복작한 병실에서 옷을 갈아입고 매점에서 호박죽을 사와 전자레인지에 데워 할아버지에게 주었다. 할머니의 유일한 낙은 손녀인 나에게 전화를 거는 일이었다.

"자꾸 전화해서 신세 한탄을 해서 미안하네. 다른 사람들은 아들, 딸이 찾아와서 용돈도 주고 병 수발도 하고 그러는데. 나는 자식들 아무도 안 해주니까."

나는 전화를 받을 수 없는 아빠와 작은아빠와 큰며느리인 엄마 대신 전화를 받았다. 할머니는 연신 미안하다고 했다. 그렇게라도 할머니는 하루치의 한숨과 노고를 덜어내야 했다.

"결혼한다는 그 남자랑은 잘 만나고 있는 겨?"

할머니는 대뜸 물었다.

"어? 어……"

나는 말을 흐렸다.

"남자는 괜찮다고 해도 부모가 안 된다고 할 수 있어. 그러니까 깊게 만나기 전에 잘 확인해야 혀. 안 그러면 나중에 큰일나."

얘기하지도 않았는데 할머니는 일이 어떻게 돌아가는지 알고 있었다. 신기한 것은 외할머니 또한 비슷한 이야기를 했다는 거다.

"결혼할 때가 됐는데 부모가 장애가 있어서 그게 어디 쉽겠냐."

나는 나의 결혼과 부모의 장애가 무슨 관계가 있냐며 코웃음을 쳤지만 할머니와 외할머니 모두 아니라고 했다.

"그려. 군인이고 하니 안정적이고 좋을 겨. 나도 네 할아버지랑 살면서 지금까지 연금 꼬박꼬박 받고. 얼마나 중요한데. 할아버지도 네가 군인이랑 연애한다고 하니까 엄청 좋아혀. 네 할아버지도 대위로 전역했잖아. 좋다고, 얼굴 보고 싶다고 그러네."

할머니는 이제 들어가야겠다며 전화를 끊었다. 사실 문제가 있다고 털어놓고 싶었지만 할아버지 얘기가 나오자마자 입을 다물었다. 할아버지는 전직 군인이자 교련 교사였다. 군인이라면 무조건 좋아했다. 동생이 군대에서 휴가를 나왔을 때 동생의 군복을 보고 무척이나 반겼다. 평소에 말수가 적은 할아버지가 그렇게 많은 걸 물어본 건 처음이라며 동생은 당황해했다. 그렇게라도 동생이 할아버지와 공감대를 가질 수 있어 다행이었다. 할아버지는 두 아들이 모두 군대에 가지 못한 것을 평생의 수치로 여겼다.

할아버지는 시골 여자에다 키도 작고 못생긴, 게다가 장애아를 둘이나 낳은 할머니를 부끄러워했다. 할아버지는 할머니와 이혼하고 싶었다. 그러나 돈이 없었다. 월남전에 참전하면 돈을 많이 벌 수 있다는 소문이 만연했다. 할아버지는 파병 신청을 했다.

"네 할아버지가 월남전 참전 후에 군인을 계속하려고 하는데 진급을 못했어. 그만두고 집 짓는 일로 돈을 벌었지. 장사 수완이 없어서 잘 안 됐어. 내가 교련 교사 그거 알아봐서 신청하자고 했지. 그래서 지금 연금 타먹고 하는 겨."

전쟁에서 돌아온 할아버지는 무슨 일을 했는지 말하지 않았다. 할머니와 이혼하지도 않았다. 교련 교사를 하며 바지런히 살았다. 할아버지의 일생은 근면이라는 단어를 빼놓고 설명할 수 없었다. 매일 산에 오르고 약수를 떠오고 집안 청소하기를 빼먹지 않았던 할아버지에게 암 진단은 청천벽력과도 같았다.

구강암이었는데 유전은 아니라고 했다. 할아버지는 뜨거웠던 월남의 공기를 의심했다. 함께 참전한 이들로부터 어딘가 아프다는 소식이 들려왔다. 원인은 같으나 증상은 조금씩 다른 질병이었다. 할아버지는 병원을 찾았다. 정확한 진단을 요구했다. 왜 이런 일이 생겼는지, 평생 근면하게 살았는데 왜 죽어야 하는지 물었다. 할아버지는 병원에서 발급한 증명서를 국가보훈처에 냈다.

오랜 시간이 지난 후 집으로 묵직한 상패 하나가 도착했다. 월남 참전과 상이군인이라는 글자가 큼지막하게 적혀 있었다. 할아버지는 대통령으로부터 받은 상패를 자랑스럽게 거실에 두었다. 아들 둘은 군대에 가지 못했지만 당신은 자랑스러운 군인이자 교련 교사였다. 나의 할아버지, 이은우는 그렇게라도 당신의 생을 증명하고 싶어했다.

할아버지, 그리고 나의 결혼

엄마, 아빠와 병실에 찾아가자 할아버지는 고개를 끄덕이며 우리를 맞았다. 할아버지와 할머니는 수어를 할 줄 몰랐고 엄마 아빠는 음성언어를 구사할 수 없었기 때문에 동생이나 내가 늘 따라가야 했다.

딱히 할말이 없었다. 학교는 잘 다니고 있다고, 휴학을 2년이나 했지만 그래도 학교 잘 다니고 있으니 걱정하지 마시라고 힘주어 말했다. 할아버지는 손주 중에 제일 공부를 잘했던 내게 내심 많은 기대를 했다. 내가 고등학교를 자퇴했을 때 할아버지는 크게 실망했다.

내가 학교 밖에서의 경험을 책으로 펴내고 대학에 입학하자 할아버지는 내가 다니는 학교 이름을 외우고 또 외웠다. 신문이나 방송에서 대학 이름을 발견하면 보라가 다니는 학교 교수가 라디오 방송에 나왔다며 반가움을 표했다. 의사는 더이상 손쓸 방법이 없다고 했다. 그런 할아버지에게 뭐라도 해주고 싶었다. 대학을 졸업한다든지, 번듯한 직업을 갖게 된다든지, 장손인 동생이 대학에 입학한다든지 등과 같은 할아버지가 남들에게 자랑할 수 있을 그 무언가를 해드리고 싶었다.

"오늘은 해군 남자친구랑 같이 못 왔어요. 같이 오고 싶었는데 바쁘다고 해서. 다음에 찾아뵌다고 꼭 건강하시래요."

할아버지는 계급이 어떻게 되느냐고 물었다.

"대위래요. 할아버지도 대위였다면서요."

할아버지는 그랬다며 웃었다. 할아버지가 돌아가시기 전에 꼭 남자친구를 보여드려야겠다고, 가능하다면 결혼하는 모습도 보여드리고 싶다고 생각했다. 어쩌면 그게 마지막 선물이 될지도 모르니 말이다.

　병세가 위독하다는 전화를 받고 대전에 내려갔다. 할아버지
는 가쁘게 숨을 내쉬었다.
　"돌아가면서 마지막 인사를 전하자."
　할머니는 눈물을 훔치며 말했다. 눈물이 났다. 눈가를 닦고
싶었지만 통역을 해야 했다. 엄마와 아빠는 상황이 어떻게 돌아
가는지 알고 싶어했다. 큰고모와 작은고모가 입을 열었다. 난생
처음 아빠의 눈물을 봤다. 아빠는 눈을 감은 채 호흡기를 통해
거칠게 숨을 쉬는 할아버지 앞에 섰다. 아빠의 손은 허공을 가
로질렀다.
　"할아버지. 상국이가 고생했고 여태까지 키워주시고 사랑해
주셔서 고맙다고. 마음 편하게 잘 가시래."
　나는 상국과 상원, 경희의 말을 입으로 옮겼다. 할아버지는
미동도 없었다. 호흡기로 연명하던 숨이 점차 느려졌다. 의사가
호흡기를 뗐다. 보내드려야 했다. 할아버지의 발은 차가웠고 이
내 숨을 멈췄다.
　장례식을 치르는 동안 많은 이가 오갔다. 상국과 경희의 결
혼식과 작은아빠 상원의 결혼식처럼, 손으로 말하는 사람과 입
으로 말하는 사람이 오갔다. 할머니와 큰고모, 작은고모는 입으
로 말하는 사람을 맞았고 아빠와 나, 작은아빠는 손으로 말하는

사람을 맞았다. 그렇게 많은 사람이 오갔는데 정작 그는 얼굴을 비치지 않았다. 그가 온다면 할아버지가 이승을 떠나는 길에라도 반가워하지 않을까 하고 전화를 걸었지만 그는 가지 못해 미안하다고만 했다.

장례식을 마치고 서울로 올라오자 그가 헤어지자고 했다. 부모님이 절대로 만나고 싶어하지 않는다고, 너의 부모님이 장애가 있어서라고, 너를 사랑하지만 결혼할 수 없다고 했다. 어떻게 그게 이유가 될 수 있느냐고 소리를 질렀다. 그는 고개를 저었다. 질 수 없었다. 평생을 투쟁해왔는데. 독립하면서는 이제 부모의 장애로부터 벗어났다고 생각했는데. 나는 이제 스물세 살인데. 내가 결혼하는 것이지 부모가 결혼하는 것은 아니지 않느냐고 되물었다.

그의 팔을 붙잡았지만 그는 안 되겠다며 소리질렀다. 절대로 지고 싶지 않았다. 할 수 있는 모든 일을 다 했다. 붙잡고 또 붙잡았다. 그를 다시 한번 설득했다. 한 번 더 그를 찾아갔다. 그리고 끝내 받아들이기로 했다.

성인이 되었으니 더이상 세상의 편견과는 부딪힐 일은 없다고 생각했다. 그러나 세상의 편견은 청소년기와는 또다른 모습으로 다가왔다. 세상을 먼저 살아본 나의 두 할머니는 언젠가 부딪힐 거라고 누누이 경고했지만 나는 절대 믿지 않았다.

"요즘 같은 세상에 그게 무슨 막장 코미디야."

수어를 하는 엄마의 표정과 아빠의 너털웃음이 세상에서 가장 아름답다고 믿었지만 편견에 부딪힐 때마다 자꾸만 마음에 생채기가 났다. 부모에게는 장애 때문에 헤어졌다는 말은 꺼낼 수 없었다. 마음을 추스르고 입을 굳게 다문 채 일상으로 돌아갔다. 글을 쓰고 영화를 만들어야 했다.

아빠와 함께한 미국 여행

딸. 올여름 미국에 가자. '데프 월드 엑스포' 참석할 생각. 통역 및 관광, 어때?

아빠는 데프네이션 월드 엑스포DeafNationWorldExpo가 열리는 미국 라스베이거스에 장사도 할 겸 국제 교류도 할 겸 함께 가자고 제안했다. 한 번도 아시아 대륙을 벗어나본 적이 없던 나는 아빠의 문자 메시지를 읽고 바로 답장을 보냈다.

응.

설렜다. 말로만 듣던 미국 땅을 밟는다는 게 믿기지 않았다.

외국이라면 그 어디여도 설레기는 마찬가지였겠지만 이유가 있었다. 미국은 농인의 천국이라 불리는 곳이기 때문이었다. 아빠는 미국에 가기 위해 돈을 열심히 모았다. 엄마는 직장 때문에 함께 가지 못해 아쉬워했다. 나는 아빠 덕이라며 감사해했다.

항공권을 예매한 후 간소하게 짐을 꾸렸다. 아빠는 일을 마치고 집에 돌아올 때마다 두 팔 가득 무언가를 가져왔다. 출발하는 날에도 마찬가지였다. 박스와 이민가방에 짐을 차곡차곡 채웠다. 꼼꼼하기로는 둘째가라면 서러울 사람이었다. 주특기는 짐 싸기였다. 나는 내 몫의 캐리어를 수하물로 부치고 싶었지만 아빠는 고개를 저었다. 손을 들어 나를 가리키고 아빠의 몸을 가리켰다. 양 손가락을 넓게 벌려 배 한 알 정도는 넣을 수 있을 공간을 만들었다. 양 손가락의 머리끼리 맞대게 했다. '합치다'라는 수어였다. "너, 나, 합치다, 40킬로그램."

어쩌면 무료 수하물을 최대한으로 하기 위해 나를 데려가는 것일지도 모른다는 생각이 들었다. 아빠는 40킬로그램은 고사하고 70킬로그램이 족히 넘는 박스들을 버스터미널에 내렸고, 공항으로 향하는 표를 끊고는 부지런히 버스에 짐을 싣기 시작했다. 기사 아저씨가 가만 보고 있을 리 없었다.

"버스 전세 냈습니까?"

아저씨는 고함을 질렀다. 나는 이럴 줄 알았다며 미간을 찌푸렸다. 아빠는 나를 쳐다보며 검지를 펴 좌우로 흔들었다.

"뭐?"

나는 고개를 돌려 버스 기사 아저씨에게 말했다.

"인천공항 가는데요. 저희 아빠가 짐이 좀 많아서. 저희가 다 실을게요. 걱정하지 마세요."

나는 태연한 척하며 웃었다.

"다른 사람들도 짐이 많은데 이렇게 하면 다른 승객들 짐은 어떻게 신냐고. 버스 전세 냈어요?"

"여기 자리 많은데 괜찮지 않을까요? 한 번만 봐주세요. 저희 아빠가 청각장애인이라 말씀은 못하시고요."

아빠도 미간을 찌푸렸다. 나는 손가락질하는 버스 기사 아저씨를 뒤로하고 아빠에게 짐을 가리키며 통역을 했다. 아빠는 짐 신는 게 그리 화낼 일이냐며 괜찮다는 수어만 연달아 했다. 나는 난처한 표정을 짓고 최대한 불쌍한 모드를 유지하려 했다. 터미널에 서 있는 모든 사람들이 우리를 쳐다봤다. 기사 아저씨는 다른 기사와 합세하여 얼굴을 붉혔다. 아메리카 대륙에 간다는 말에 허름한 배낭은 던져두고 새 캐리어까지 장만했는데. 아빠는 종이 박스와 철 지난 캐리어를 들고 버스에 짐을 신지도 내리지도 못하고 있었다.

"그러니까 이렇게 많이 가져오지 말랬잖아. 공항에서 수하물 비용도 더 내야 한단 말이야!"

화를 내자 아빠는 턱에 새끼손가락을 대고 괜찮다고 말했다.

하는 수 없이 짐이 많은데 안 가져갈 수도 없고 어쩌느냐고 기사에게 물었다. 아저씨는 몇 차례 짜증을 더 내더니 한숨을 쉬며 돈을 더 내라고 했다. 결국 한 사람분의 요금을 더 내고 나서야 이 상황에서 벗어날 수 있었다. 아빠는 주위의 시선 따위는 아랑곳하지 않았다.

공항에 도착하자마자 카트에 짐을 실었다. 출발하기 한 달 전부터 아빠에게 한 사람당 20킬로그램을 부칠 수 있다고 했지만 아빠는 단호했다.

"옛날에 호주와 괌 갔을 때 짐이 많아도 다 봐줬어. 괜찮아."

나는 한숨을 쉬었다.

"그래도 규정이라는 게 있으니까 지키자, 응?"

아빠는 내 수어를 본체만체했다. 두 개의 카트를 끌고 체크인을 하려 하자 항공사 직원은 미소를 머금고 말했다.

"손님, 항공 수하물 규정이 있어서요. 그 이상으로 가져가시려면 비용을 지불해야 합니다."

나도 승무원처럼 미소를 지으며 통역하고 싶었지만 이미 짜증 폭발 지경이었다.

"집에서 말했잖아, 안 된다고. 20킬로그램인데 25킬로그램까지 봐주니까 합해서 50킬로그램만 공짜로 보낼 수 있대. 나머지는 돈 내야 한대."

아빠는 옛날에 호주와 괌에 갔을 때는 다 봐줬다고 손으로 설명했다.

"그건 옛날 일이잖아."

나는 낮게 중얼거렸다.

"옛날에 비행기 탈 때는 무료로 보냈다고 하는데요……"

아빠는 통역이 끝나기도 전에 손을 움직였다.

"장애인이라 봐달라고 말해. 항공권도 장애인 요금 할인받고 싶었지만 성수기라 장애인 할인이 없어서 비싸게 일반 요금 주고 끊었어. 장애인 특별대우 부탁."

"저희 아빠가요. 장애인 특별대우나 보상 같은 거 없냐고 하시는데요. 항공권도 성수기라 할인을 못 받았거든요. 좀 봐주시면 안 될까요?"

막무가내인 아빠 앞에서 직원은 해줄 수 있는 건 여기까지라며 난처한 표정을 지었다. 아빠 역시 어쩔 수 없다는 표정을 지으며 망부석처럼 서 있었다. 직원은 매니저를 불러보겠다며 잠시만 기다려달라고 했다. 잠시 후 매니저가 왔다. 나는 아빠를 가리키며 다시 한번 난처한 표정을 지었다.

"저희 아빠가 청각장애인인데요. 이 짐을 다 들고 가고 싶으시대요. 이번에 장애인 할인도 못 받았는데 아빠가 참가하는 행사가 세계 농인들이 모이는 엄청 큰 엑스포인데요."

아빠는 한국 대표로 참가한다는 걸 꼭 통역하라고 했다. 한국에서 참가하는 사람은 우리뿐이었기 때문에 우리가 유일한 한국 국적인 것은 맞지만 대표는 아니었다. 아빠는 유일과 대표라는 말을 명확하지 않게 사용했다.

"대표로 참가하는 건데 정부 지원이나 협회 지원 같은 게 없거든요. 혹시 도움 주실 수 있을까요?"

아빠는 무슨 일이 있더라도 짐을 모두 가져갈 태세였다. 그러나 매니저와 체크인 담당 직원에게도, 항공사에도 규정이라는 게 있었다. 한참의 실랑이 끝에 매니저는 난처한 표정을 지으며 성수기라 장애인 할인을 해드리지 못해 정말 죄송하다고 말했다.

"마지막으로 해드릴 수 있는 건 두 분 합해서 60킬로그램까지만 무료로 보내는 거예요. 나머지는 추가 비용을 내셔야 합니다. 어떠세요?"

두 손과 표정, 입술을 움직이며 열심히 통역했지만 마음속으로는 이 모든 상황이 어서 끝나기를 빌었다. 아빠는 만족하지 못한 표정이었다.

"돈 더 얼마?"

아빠는 카드를 내밀었다. 안도의 한숨이 터져나왔다. 보안 검사대를 지나고 출국 심사대를 거칠 때마다 "저희 아빠가 청각장애인이라서 통역하면서 같이 통과할게요"라고 해야 했지만 아까의 일에 비하면 아무것도 아니었다.

나는 비행기에 오르자마자 이어폰을 꽂았다.

비행 시간이 길어 영화 두세 편을 보고 또 봤다. 아빠도 영화를 보고 싶어했다. 좌석마다 비치된 기내 VOD 엔터테인먼트 기기에 있는 영화를 고르는데 장르를 먼저 골라야 했다. 아빠에게 한국 영화를 빼고 고르라고 했다. 한글 자막이 없어 한국 영화를 보지 못할 건 뻔했다. 아빠는 목록을 확인하고는 할리우드 영화를 골랐다. 재생 버튼을 눌렀다. 주인공들이 하나둘 등장했다. 헤드폰을 끼고 보던 영화를 이어서 감상했다. 아빠가 내 팔을 쳤다.

"자막 없어. 왜?"

아빠가 보던 영화에서는 중국어 자막이 재생되고 있었다. 끼고 있던 헤드폰을 아빠 자리의 기기에 꽂았다. 익숙한 언어가 흘러나왔다. 한국어로 더빙되어 있었다. 화면이 작아 자막을 보기 어려우니 영화 전체를 더빙 버전으로 제공하는 것이었다. 자막이 나오도록 버튼을 눌러보았다. 프랑스어, 중국어, 영어, 스페인어 자막은 있었지만 한글 자막은 없었다. 아빠같이 소리를 들을 수 없는 사람은 한국 영화는 물론이고 할리우드 영화도 볼 수 없다는 말이었다. 멍청한 기기 같으니라고. 나는 신경질을 내며 버튼을 꾹꾹 눌렀다.

"아빠, 딴 거 봐야 할 것 같아. 자막이 없어."

아빠는 괜찮다며 다른 영화를 보겠다고 했다. 태연한 표정이었지만 괜히 미안했다. 장애인 할인 혜택도 없이 국적기를 탔는데 기내에서 영화도 볼 수 없다니. 단거리 비행이라면 잠을 자면 되지만 반나절 이상의 시간이 소요되는 여정에서 들리지 않는 사람은 대체 무엇을 하며 시간을 보내란 말인가. 그러나 할 수 있는 건 아무것도 없었다. 승무원에게 화를 낼 수도 없었고 제공되지 않는 자막을 뚝딱하고 만들어낼 수도 없었다. 나는 어쩔 줄 몰랐지만 아빠는 이런 상황에 익숙했다.

아빠는 영화를 보는 대신 잠을 잤다. 미국에 도착해 시차 적응을 하려면 나도 자두어야 했지만 설레는 마음은 어쩔 수 없었다. 몇 편의 영화를 연달아 본 후 눈을 붙이자 이윽고 불이 켜졌다. 창밖으로 황량한 산맥이 펼쳐졌다. 뜨겁고 건조한 사막의 도시, 라스베이거스였다. 아빠는 풍경을 바라봤다. 아빠가 무슨 생각을 하는지 궁금했다. 비디오카메라를 꺼내 아빠의 옆얼굴을 촬영했다. 아빠는 창밖을 고요히 응시했고 나도 낮게 숨을 들이마셨다.

라스베이거스 공항은 생각보다 작았다. 우리는 입국 심사대 앞에 섰다. 미국 비자는 인터넷으로 신청해두었지만 입국 과정에서 종종 문제가 생긴다는 얘기를 들어 조금 긴장했다. 아빠 앞에 먼저 섰다.

"내가 먼저 할게. 내 뒤로 와."

까칠해 보이는 직원은 여권과 컴퓨터 모니터를 한참 들여다보더니 무슨 일로 왔느냐 물었다. 라스베이거스에서 열리는 데프네이션 월드 엑스포에 참가할 예정이라고 대답했다. 그는 또 한참 서류를 들여다보더니 미국에 온 것을 환영한다는 말과 함께 여권을 내밀었다. 다음은 아빠 차례였다. 직원이 아빠를 향해 손을 내밀어 이리 오라고 손짓했다. 아빠는 여권을 직원에게 주었다. 아빠가 심사대 앞에 서자 나는 옆으로 가 입을 열었다.

"저희 아빠가 청각장애인이라서요. 말씀하시면 제가 통역할게요."

직원은 무표정으로 쳐다보며 아무 말도 하지 않고 검지를 양옆으로 흔들었다. 머쓱하여 몇 발짝 뒤로 물러섰다. 그는 검지와 중지를 펴 자신의 눈을 가리켜 여기를 보라고 아빠에게 손으로 말했다. 아빠는 놀란 표정이었다. 직원은 양 엄지손가락을 아빠를 향해 보여준 후 아래쪽 지문인식기를 가리켰다. 아빠는 영문을 몰라 나를 쳐다봤다. 직원이 아빠를 보고 손가락을 펴 방향을 가리키며 사인을 보내자 아빠는 그의 눈동자 방향을 따라 천천히 움직였다. 두 엄지손가락을 지문인식기에 댔다. 그가 됐다며 엄지와 검지를 모아 오케이 표시를 하자 아빠는 손을 뗐다. 나머지 손가락도 그렇게 하라며 마지막 사인을 보냈고 아빠는 미소를 지으며 그의 손짓을 좇았다.

입국에 필요한 모든 절차가 끝나자 직원은 여권을 내밀어 오른쪽 손을 턱에 대고 앞으로 내밀었다. 고맙다는 뜻의 미국수어*였다. 아빠도 손을 턱에 대고 앞으로 내밀었다. 나는 아빠의 어깨 뒤로 입과 손을 동시에 움직이며 고맙다고 인사했다. 직원은 여유로운 표정으로 엄지손가락을 들었다.

"아빠, 여기 사람들은 기본적인 수어를 할 줄 아나봐. 통역하려고 하니까 도와주지 않아도 된다고 했어."

"친절해. 좋은 나라. 여기."

간단한 손짓에 엄청난 환대를 받은 것만 같았다.

데프네이션 월드 엑스포

아빠는 새벽부터 장사 준비에 한창이었다. 신발 뒤축을 끌며 이리저리 걷는 소리가 호텔 방안에 가득했다. 언젠가 좀더 사뿐히 덜 시끄럽게 걸을 수 없는지 물은 적이 있는데 아빠는 그게 무슨 말인지, 자신의 걸음 소리가 어떻게 들린다는 건지 이해하지 못했다. 아빠의 운동화는 뒤축이 먼저 닳곤 했다.

아빠는 미리 가서 부스를 열 준비를 해야 한다고 했다. 나는 시차 때문에 침대에서 일어날 수 없었지만 아빠는 새벽부터 부

---

* American Sign Language, 줄여서 ASL이라고 표기한다. 한국수어는 KSL로 Korean Sign Lanugage의 줄임말이다.

지런히 물건을 챙기며 길고 긴 하루를 준비했다.

데프네이션 월드 엑스포는 미국의 데프네이션이라는 단체가 주최하는 행사로, 미국 전역에서 일정한 주기로 열리는 농인 교류의 장이다. 그중 가장 큰 행사는 격년 여름마다 열리는 데프네이션 월드 엑스포인데 2012년 7월 미국 라스베이거스에서 개최되는 이번 행사에는 전 세계에서 4만 명 정도의 농인이 참석할 예정이었다. 미국으로 오기 전 아빠는 항공료도 열심히 벌었지만 밤마다 미국에 사는 농인 친구에게 영상통화를 거는 일도 잊지 않았다.

아빠 친구의 수어 이름은 '긴 머리+여자'였다.* 어떻게 해서 미국에 살게 되었는지 물으니 경기도 오산의 미군 부대 부근에서 식당 일을 했는데 미군 하나가 데이트를 신청했단다. 군인은 말을 하는 사람이었는데 자녀도 있고 당신과는 말이 통하지 않아서 어렵다고 거절했지만 계속 찾아왔다고 한다. 몇 번의

---

* 수어를 사용하는 농인에게는 수어 이름이 있다. 손과 손가락으로 한글의 모음과 자음을 표기하는 지문자로 한국어 이름을 표기할 경우 시간이 오래 걸려 언어의 경제성에 부합하지 않는다. 사람의 특징과 성격 등을 부각하여 수어 이름을 만들어 사용한다. 엄마 길경희는 어렸을 적 코 옆에 큰 점이 있어 '코 옆의 점'과 '여자'를 합한 동작의 수어 이름을 사용한다. 아빠 이상국에게는 턱 아래를 만지는 손버릇이 있어 턱 아래를 만지는 동작과 '남자'라는 단어를 합한 수어 이름이 있다. 나에게는 '보라색'이라는 단어와 '여자'를 합친 동작의 수어 이름이 있다. 동생 이광희는 수어 이름이 없다. 보통 수어 이름은 농사회의 일원이 되었을 때 농인들이 특징을 찾아 지어준다. 동생은 코다이지만 농사회에서 활동하지 않기에 이름을 따로 부를 필요가 없어 수어 이름이 없다. 집에서는 '동생' '아들' 같은 호칭으로 부르기에 문제가 없다.

구애 끝에 '긴 머리+여자'는 그와 연애를 시작했고 마침내 자녀를 데리고 재혼하여 미국에서 살게 되었다. 수어 이름이 왜 '긴 머리'라는 단어와 '여자'라는 단어의 조합인지 궁금했다. 아빠는 그 여자가 늘 긴 머리 모양을 하고 다녔기에 자연스럽게 외양을 특징하는 이름이 붙었다고 말했다. '긴 머리+여자'는 한국을 떠난 지 오래되어 한국수어*를 많이 잊었다고 했다.

"저분이 방금 말한 거 무슨 뜻이야?"

가끔 아빠와 '긴 머리+여자'가 영상통화를 할 때면 대화 내용을 이해하지 못하는 경우가 많았다. 내가 엄마, 아빠로부터 배운 것은 오로지 한국수어였기 때문이다. 아빠는 미국수어를 잘 모르지만 맥락상 의미를 유추한다고 했다. 수어는 얼굴 표정이 의미의 반 이상을 내포하기 때문에 화자의 표정과 맥락을 들여다보면 어떤 말을 하고 있는지 짐작이 가능하다. 또한 수어 사용자는 각 단어가 어떤 방식으로 3차원 공간 안에서 움직이는지, 어떤 방향으로 어떻게 움직이면 강조가 되기도 하고 반대의 뜻이 되기도 하는지 알았다. 설령 다른 나라 수어라 해도 단

---

* 수어는 국가와 지역마다 다르다. 수어는 시각언어로 음성언어와는 다른 고유한 문법 체계를 가진다. 인류가 처음 출현했을 때부터 농인은 존재했다. 음성언어처럼 수어도 마을, 지역, 국가 단위로 자연 발생했으며 현재는 '한국수어' '미국수어' '일본수어' 등 각 국가의 공통 수어로 발전했다. 한국수어의 경우 일제강점기에 농학교를 통한 교육이 이루어지면서 일본수어의 영향을 크게 받았다. 일본수어와 대만수어, 한국수어는 60퍼센트 정도가 비슷하며 한국수어는 일본수어의 어족에 속한다. 국제수어 International Sign은 여러 나라 농인의 소통을 위해 만들어졌다.

어의 뜻을 짐작하기가 불가능하지 않다.[*]

미국수어를 모르는 우리에게 '긴 머리+여자'는 중요한 사람이었다. 아빠를 위해 엑스포 참가 신청서를 대신 작성하고 행사 부스를 신청하는 등의 일을 해주었다.

평소 아빠는 다른 나라에 사는 농인의 삶을 궁금해했다. 그 나라의 농문화는 어떤지, 그곳의 수어는 한국수어와 어떻게 다른지 알고 싶어했다. 그중 농문화의 천국이라 불리는 미국은 아빠가 제일 가보고 싶은 나라였다. 그러나 미국에서 관광만 하고 돌아가기에는 성에 차지 않았다. 어디서든지 가만 앉아 있지 못하는 아빠는 돈도 벌고 구경도 하는, 그야말로 꿩도 먹고 알도 먹는 일을 계획했다. 참가 부스를 신청해 그림을 그려 판매하기로 한 것이다.

미군 부대 BX에서 혁필로 글자 그림을 그려 파는 일을 한 적이 있는 아빠는 농인들이 많이 모이는 엑스포에서도 이걸 그려 팔면 항공료 혹은 체류비라도 벌 수 있지 않을까 하는 기대감에 찬 눈빛을 보였다. 아빠의 손은 언어를 표현하다가도 실크를 마름질하는 손이 되었고 종이상자를 척척 포장하는 손이 되었

---

[*] 내가 미국수어가 너무 어렵다고 하자 한국수어와 미국수어를 구사하는 농인은 한국수어를 알면 미국수어는 금방 배울 수 있다고 했다. 한국 음성언어를 하던 사람이 힌디어나 스웨덴어를 배우려면 시간이 오래 걸리겠지만 한국수어를 아는 상태에서 미국수어를 배운다면 6개월이면 의사소통이 가능할 것이라고 조언했다.

다. 아빠는 그 손으로 '긴 머리+여자'와 함께 부스를 차렸다.

실크로 만들어놓은 족자 여러 개와 가죽으로 만든 혁필 도구, 가죽 붓 끝에 묻혀 글자 그림을 만들어낼 물감을 책상 위에 올렸다. 지나가는 사람들이 아빠의 작품을 볼 수 있도록 혁필 걸개 그림을 거는 것도 빼먹지 않았다. Christopher부터 John, Madonna, 한글로 옮긴 크리스토퍼, 존, 마돈나까지. 여러 글자 그림이 아빠 머리 뒤로 걸렸다.

옆자리 부스에서 형형색색의 모자와 가방을 진열하던 농인이 아빠가 그린 그림을 흥미롭게 쳐다봤다. 그는 성큼성큼 걸어와 손을 들어 Christopher의 C를 가키며 손을 움직였다. C를 표현한 그림이 어떤 걸 의미하는지 묻는 듯했다. 새 그림이고 행복을 의미하는 글자 그림이라고 미국수어로 대답하기란 꽤 어려웠다.

"뭐? 무슨 뜻? 이건 새인데……"

아빠는 '긴 머리+여자'를 불렀다.

"통역, 통역. 부탁."

'긴 머리+여자'는 미국수어로 아빠의 수어를 통역했다. 새, 행복과 같은 간단한 단어도 말할 수 없다니. 아빠와 나는 절망에 빠졌다.

오전 10시 정각이 되자 부스 앞을 지나는 사람들의 걸음 소리가 들렸다. 말을 하고 들을 수 있는 사람들이 중심인 행사에서 흘러나오는 '오늘의 행사 시작을 알립니다' 유의 시끄러운 안내 방송은 나오지 않았다. 사람들의 부산한 발걸음 소리와 손을 맞부딪히는 소리뿐이었다.

나는 카메라를 들고 입구로 향했다. 행사장에 입장하려는 사람들로 가득했다. 반사적으로 귀에 손을 올렸다. 이내 그럴 필요가 없다는 걸 깨달았다. 귀보다는 눈을 가려야 했을는지도 모른다. 많은 사람이 서로를 향해 손을 움직이며 대화하고 있었다. 농인 군중이었다. 순식간에 매료된 나는 서둘러 카메라를 켰다. 머리 위로 카메라를 드니 앞에 있던 농인이 고개를 돌려 나를 바라보았다. 렌즈를 향해 손을 흔들었다. 반짝이는 박수였다.

청인은 누군가를 환영하고 축하할 때 손뼉을 쳐 소리를 내지만 농인은 다른 방식으로 박수를 친다. 양팔을 들고 손바닥을 반짝반짝 좌우로 돌리며 시각적인 박수 소리를 만들어낸다. 몇몇 농인이 손을 들고 반짝이는 박수를 만들자, 뒤에 있던 이들도 대화를 하다 말고 앞을 쳐다봤다. 시야 반경 안에서 다른 움직임을 감지한 것이다.[*]

사람들은 양팔을 올려 손을 흔들었다. 두 팔을 번쩍 들고 반

---

[*] 농인은 청인에 비해 시야가 넓은 편이다. 청각의 부재로 시각을 비롯한 다른 감각이 발달했는데 특히 시각이 그렇다.

짝이는 박수를 만들었다. 하나의 반짝이는 박수가 또다른 반짝이는 박수를 불렀고 갈채를 이루었다. 몇몇 이들은 카메라 렌즈를 향해 수어로 말을 걸었다. 그들은 카메라를 쳐다보고 있었지만 마치 나 자신이 그들로부터 커다란 환대를 받은 것만 같았다. 나도 나머지 한 손을 들어 반짝반짝 흔들었다.

아빠는 행사 내내 할 수 있는 모든 수어를 동원하고 보디랭귀지나 제스처 같은 몸짓과 손짓을 활용했다. 아빠도 나와 같은 처지였다. 나는 외국 농인이 말을 걸면 반사적으로 말했다.

"한국, 비행기, 오다."

상대방이 눈을 동그랗게 뜨면 옆에 있는 아빠를 가리켰다.

"아빠."

사람들은 흥미롭다는 표정을 지으며 이것저것 물어보고 싶어했지만 내가 할 수 있는 건 고개를 저으며 어깨를 으쓱 올리는 것밖에 없었다. 구화를 사용하는 농인이 오거나 청인이 농인과 동행하여 찾아올 때만 통역사가 될 수 있었다.

미국의 농문화

행사장은 내내 북적였다. 한편에서는 연속 강연도 열렸다. 참가자 중에는 미국 농인뿐 아니라 아시아, 유럽에서 온 농인들도 있었다. 아빠는 태극기가 걸린 부스에서 직접 그린 글자 그림을 보여주기 위해 혁필에 물감을 묻혔다. 나는 아빠를 뒤로 하고 행사장 구경에 나섰다.

행사장은 각양각색의 부스들로 가득했다. 그중 가장 큰 것은 농인을 대상으로 하는 정보통신 기기 업체의 부스였다. 한국에서 손바닥만한 화상전화기만 보아왔던 나는 크기에 압도당하고 말았다. 화면 자체가 30인치 모니터라 여러 명이 서서 수어를 해도 넉넉했다. 전송 속도도 느리지 않았다. 수어를 평소처럼 빠르게 해도 전혀 버벅거리지 않았다.

미국 농인 두세 명이 모니터 앞에 서서 가족에게 화상전화를 통해 수어로 대화하고 있었다. 부러움에 걸음을 멈췄다. 한국에서는 친구들과 화상전화를 하려면 화상전화기를 여러 대 갖고 있어야 했다. 화상 기기마다 제조사가 달라 각 제조사의 기기끼리만 통신이 가능하기 때문이다. 엄마와 아빠는 여러 친구들과 화상전화를 하기 위해 하얀색 전화기와 검은색 전화기를 동시에 사용했다. 그러나 인터넷 선은 하나라 매번 인터넷 선을 번갈아 끼워야 했다. 상대방의 기기가 A회사 것인지 B회사 것인지를 사전에 확인해야 해서 번거롭기도 했다.

반대편에는 교육 관련 부스가 있었다. 상형문자 같은 글자가 보였다. 나는 '청인'이라고 미국수어로 말했다. 입술 앞에서 검지를 돌려 동그란 원을 앞뒤로 만드는 동작이었다. 담당자는 잠시 기다려달라고 하더니 옆에 있던 직원을 불렀다.

"무엇을 도와드릴까요?"

음성언어였다! 알 수 없는 언어의 홍수 속에서 내가 아는 말을 듣게 되다니. 영어를 잘하는 건 아니었지만 그래도 생판 모르는 미국수어보다는 나았다. 나는 부모님이 농인이고 한국에서 왔으며 농문화에 대해 관심이 많고 미국에서의 농교육 현황이 어떤지 궁금하다고 말했다. 그는 농인의 수어를 2차원 공간 안에서 어떻게 구현할지 보여주는 부스라고 소개했다.

"어렸을 때부터 수어를 접하고 수어가 1차 언어인 이들이 문자언어로 책을 읽는 것은 수어로 된 비디오를 시청하는 것과는 달라요. 한국도 그럴 거예요. 문자언어가 아니라 수어를 바탕으로 한 그림 글자를 만든다면 어떨까요? 어떤 식으로 표기할 수 있을까요? 3차원 속 수어의 움직임과 얼굴 표정을 문자언어로 옮기는 연구를 진행하고 있어요."

그는 몇몇 그림 글자를 예시로 들었다. 글자 중에는 손가락 모양도 있고 방향을 표시한 글자도 있었다. 얼굴 표정을 간단하게 축약한 그림도 보였다. 글자와 글자의 조합이 단어가 되는 것이리라. 나는 고개를 끄덕였다.

미국에서 이런 연구가 이루어지고 있다니 놀라웠다. 한국에서 청각장애는 듣지 못하는 벙어리, 말 못하는 병신과 같은 말이었다. 그들의 언어인 수어는 청각이 '결여된' 사람들이 사용하는 '미개한' 언어로 취급받았다. 그러나 농인을 다른 감각을 가지고 또하나의 문화를 형성하며 살아가는 사람이라고 인식하는 사회가 있었다. 수어가 동등한 언어임을 인정했다. 이러한 사회적 인식이 형성되어 있기에 연구 자체가 가능하겠다는 생각이 들어 놀랍고 부러운 마음이 들었다. 나는 이 이야기를 한국에 알리고 싶은데 다시 한번 설명해줄 수 있겠냐고 물었다. 그는 흔쾌히 수락했다.

부스에서 부스로 걸음을 옮기는 일은 쉽지 않았다. 아빠가 나를 기다리고 있다는 걸 알지만 새로운 부스에 방문할 때마다 놀라운 세상이 펼쳐졌기에 모험을 멈출 수 없었다. 테이블 위에 조그만 기기가 놓인 부스 앞에 앉았다. 내가 입술 앞에 검지를 대고 원을 그리자 그는 입을 열어 청인인데 미국수어를 할 줄 안다고 소개했다.

"앞 사람이 기계 사용하는 거 봤는데 저도 보여주시겠어요? 이거 완전 마음에 들어요."

"이렇게 들고 다닐 수 있어요. 농인이 관공서에 가서 청인에게 무언가를 물어본다든지 수어통역 서비스가 없는 곳에서 급한 일이 생길 때 사용할 수 있죠. 기계를 열면 작은 화면과 키보드로 이루어진 기기가 두 개 있어요. 서로 연결되어 있지만 이렇게 분리가 되죠. 여기서 '안녕하세요'라고 치면 반대쪽 기계 화면에 같은 문장이 표시되죠. 저한테 보내고 싶은 문장을 쳐보

시겠어요?" 한 글자씩 눌러보았다.

"만나서 반가워요!"

늘 수첩이나 종이, 펜을 가방에 넣고 다녀야 하는 농인에게 무척 유용한 기계였다. 종이에 글자를 써서 대화하는 필담은 간편하지만 오랜 시간이 걸리는 소통 방식이었다. 이 기기를 사용한다면 훨씬 시간이 단축될 터였다. 얇고 가벼워 들고 다니기에도 무리가 없었다. 나는 부럽다는 말만 반복했다.

영화 포스터가 빼곡히 붙은 부스도 있었다. 데프 필름^{Deaf Film}* 만 만드는 영화 제작사의 홍보 부스였다. 얼마나 많은 농영화가 있는지 묻자 직원은 앞에 놓인 DVD들을 가리켰다. 미국은 영화 산업 규모도 크고 농인의 수도 많기에 충분히 농영화 제작 환경을 꾸릴 수 있다고 한다.

"농인이 주인공으로 등장하고, 농인과 관련된 에피소드로 사건이 벌어져요. 모든 걸 농인이 제작하고 촬영하죠."

미국에는 농인 콘텐츠 시장이 엄연히 존재한다. 나는 입을 떡하니 벌린 채 부스 앞에 놓인 DVD와 포스터를 살펴보았다. 미국의 독립영화 규모는 한국의 상업영화 규모와 맞먹는다는 말이 생각났다.

"농영화는 농인 주인공이 청인 중심 사회에서 살아가면서 접

---

* 농영화. 농인의, 농인에 의한, 농인을 위한 영화다.

하는 일들을 소재로 하거나 농인 간에 벌어지는 에피소드를 다뤄요. 주인공이 농인이니 농인 관객이 극중 인물에 감정이입하기도 쉽죠. 자막이요? 굳이 필요하지 않아요. 자막 보고 주인공 얼굴 보고, 다시 자막 보고. 그런 걸 더이상 하지 않아도 된다는 게 농영화의 장점이죠."

그는 말이 끝나자마자 무엇을 찍고 있느냐고 물었다. 나는 농인 부모를 주인공으로 하는 다큐멘터리영화를 기획하고 있다고 설명했다.

나는 농인이 주인공으로 등장하는 드라마나 영화를 본 적이 없다. 한국의 미디어에서 농인은 조연급의 무게로 드라마에 소품처럼 등장하거나 간단하게 다뤄졌다. TV드라마에는 구화를 사용하는 농인이 나오곤 했는데 설정과 스토리가 늘 비슷했다.

첫째, 극중 인물이 불의의 사고로 청력을 잃는다. 둘째, 듣지 못하고 말을 할 수 없어 어쩔 수 없이 구화를 배운다. 셋째, 재활치료를 통해 청인의 입술을 읽는 방식으로 구화를 훈련하고 말하기 훈련을 하며 성공적으로 일상을 되찾는다. 상대방의 입술을 독해하고 발화하는 것에 어려움이 없어 그가 정말 농인인지 의심이 될 정도다. 넷째, 그에게 '기적'이 일어난다. 그는 청력을 되찾아 다시 청인이 된다.

이런 뻔한 설정이 시청자로 하여금 청각장애가 있는 사람도 학습과 훈련을 통해 구화를 배우면 청인처럼 얼마든지 말하고 듣는 데 어려움이 없을 것이라는 오해를 갖게 한다. 그러나 극과 현실은 다르다. 구화를 아무리 열심히 훈련해도 들리지 않는 상태에서 입술을 읽는 것, 어떤 발음으로 말하는지 감각하지 못하는 상황에서 정확한 발음을 따라 하는 건 매우 어렵다. 무엇보다 기적적으로 청력을 되찾는 일은 현실에서 거의 일어나지 않는다. 고대 그리스 연극에서 신이 공중에서 나타나 위급하고 복잡한 사건을 단번에 해결하는 무대 기법인 데우스 엑스 마키나와 비슷하다.

농인이 주인공이라면 농인 시청자는 자막 없이도 주인공의 표정과 손을 따라가며 극의 흐름을 이해할 수 있다. 그건 나뿐만 아니라 농인 부모에게도 낯설 것이다. 마음만 먹으면 농인도 배우가 될 수 있고 영화감독도 될 수 있는 곳은 어떤 사회일까. 어렸을 때부터 농영화를 보고 자란 미국의 농인들은 대학도 갈 수 있고 꿈도 자유롭게 가질 수 있을 것 같아 부러운 마음이 들었다. 선생님이 되고 싶었지만 들리지 않는다는 이유로 대학에 가지 못하고 미싱 공장에 취직했던 엄마가 생각났다.

영화사 부스 옆에는 여러 대의 모니터가 놓인 부스가 있었다. 모니터 안에는 귀여운 만화 캐릭터들이 돌아다니고 있었고 그 옆 모니터에서는 여자 한 명이 미국수어로 무언가를 이야기하고 있었다. 직원은 앞에 놓인 교재를 가리키며 미국의 농인

아동을 위한 콘텐츠라고 소개했다. 농인 아이들이 어렸을 때부터 자신들의 언어인 수어를 자연스럽게 습득할 수 있도록 돕는 교육 콘텐츠 사업이다.

"부모가 농인일 경우는 자연스럽게 대화를 통해 수어를 배우죠. 부모가 청인일 경우라면요? 아이들은 어딜 가서 수어를 배울까요? 이 콘텐츠는 부모와 아이들이 재밌고 쉽게 수어를 접하고 배울 수 있도록 도와줍니다."

그는 DVD를 모니터가 연결된 기기에 넣고 재생 버튼을 눌렀다. 간단했다. 한국에서도 충분히 적용할 수 있는 교육 콘텐츠였다. 언젠가 엄마와 아빠에게 어떻게 수어를 처음 배우게 되었는지 물은 적이 있다. 엄마와 아빠는 수어를 모르는 청인 가족 사이에서 태어났다. 아무도 수어를 가르쳐주지 않기에 언어 없이 유년기를 보내야 했다. 학교에 갈 때가 되어 기숙사형 농학교에 진학했다. 교실이 아닌 기숙사에서 선배들을 통해 수어를 배웠다. 엄마는 한국 농교육은 수어가 아닌 구화 중심으로 교육하기에 수어로 교육받은 적이 매우 드물다고 회고했다.

부스로 돌아오니 아빠는 사람들에 둘러싸여 있었다. 나는 아빠의 명함을 건네며 설명했다. 한 부부가 우리 부스 앞에 멈춰 섰다. 고개를 들어보니 여자가 남자를 붙잡고 있었다. 남자는 우리 부스를 쳐다보더니 손을 움직였다. 여자는 시선을 다른 곳에 고정한 채 남자의 손을 만졌다. 듣지 못하는 동시에 앞을 보지 못하는 것 같았다.

"우리는 한국에서 왔고 여기 이분은 아빠예요. 그림을 그려요."

나는 떠듬떠듬 미국수어로 말했다. 그는 내게 얻은 정보를 손으로 옮겼다. 여자는 손을 움직여 남자의 손 움직임을 분주하게 좇았다. 촉수어였다. 듣지 못하고 보지 못하기에 촉각을 통해 소통하는 시청각장애인의 소통법이다.

이승준 감독의 다큐멘터리영화 〈달팽이의 별〉(2012)의 주인공은 시청각장애를 갖고 있다. 주인공은 촉수어가 아닌 손가락 점자로 소통한다. 상대방이 손을 내밀면 화자가 손가락 위에 자신의 손가락을 올려 타자를 치듯 점자를 친다. 시각장애인이 사용하는 점자를 손가락에서 손가락으로 전달하는 방법이다.

내 앞의 부부는 점자를 치는 대신 수어를 만졌다. 남자는 청각장애를, 여자는 시청각장애를 갖고 있으니 보는 방식이 아닌 만지는 방식의 언어를 사용했다. 여자는 시시각각 움직이는 남자의 손가락을 손으로 훑었다. 팔이 크게 움직이면 그 위에 자신의 팔을 올려두고 방향을 감각하며 3차원의 공간을 유영했다. 팔이 멈추자 여자는 그의 얼굴 근육 위에 손을 올렸다.

남자는 우리를 보고 웃었다. 자신의 눈앞에 펼쳐지는 모든 광경을 손과 표정으로 옮겼다. 여자의 손은 미세하게 떨리는 얼굴 근육을 모두 잡아냈다. 여자는 남자의 몸을 통해 세상을 만났다. 나는 손을 움직여 아빠에게 말했다.

"아빠, 나 시청각장애인 처음 봐. 시청각장애인과 농인이 서로의 몸을 통해 대화한다는 게 놀랍고 아름다워."

상황과 환경에 맞는 소통 방식은 자연적으로 발생하고 발전한다. 그뿐이다. 아빠는 오른손을 세워 턱에 대고 두 번 두드렸다.

"그래, 맞아."

농인의 나라, 갤러뎃대학

미국으로 오기 전 친구와 함께 「소리 없는 이들의 소리: 청각 장애인(농인)의 삶과 이해」라는 소책자를 만들었다. '수어 권리 확보를 위한 대전 지역 공동대책위원회'의 요청으로 비장애인 에게 농인을 알리기 위한 책자였다.[*]

2012년 당시 대전에서 두 명의 농인 아동이 특수학교가 아 닌 일반 학교에 다니고 있었다. 대전 지역에는 원명학교라는 특 수학교가 있지만 학부모는 교육의 질을 위해 일반 학교에 보낼

---

* 2013년 8월 새정치민주연합 이상민 의원이 대표 발의한 '한국수화언어 기본법'을 시 작으로 2015년 12월 31일 농인의 언어인 한국수어를 고유한 공용어로 인정하고 한 국수어의 보급·발전의 기반을 마련하는 '한국수화언어법'이 국회 본회의를 통과했다. 2016년 2월 3일 한국수화언어법(수화언어법)이 제정되었다. 법 개정을 통해 2월 3일 을 '한국수어의날'로 제정하고 2021년부터 공식기념일이 되었다.

것을 선택했다. 농아동이 일반 학교에 다니기 위해서는 음성언어로 진행되는 학교 수업을 통역해줄 수어통역사가 필요하다. 수어통역사를 구하는 과정은 학부모에게도 학교에게도 수월하지 않았다. 학부모가 직접 학교와 교육청에 지원을 요청하고 요구했다. 각각의 학교에 수어통역사를 배치하는 건 더 어려운 일이었다. 두 아이의 부모는 고심 끝에 아이들을 같은 학교에 보내기로 했다. 하나는 대전 중구에 살고 있었고 다른 하나는 동구에 살았다. 둘은 두 살이라는 나이 터울도 있었다. 한 아이의 가족 모두가 동구로 이사했다. 나이가 두 살 많은 아이는 일 년 늦게 학교 입학을 했고, 나머지 아이는 일 년 일찍 입학했다. 둘은 일반 학교에서의 교육을 시작했다. 그런데 수어통역사가 개인 사정으로 일을 그만두었다. 두 부모는 어렵게 새 인력을 구했지만 자격증을 갖춘 전문 수어통역사가 아니었다.

방법이 없었다. 지역에서 프리랜서로 일하는 수어통역사가 거의 없었고 설사 있다 해도 교육청에서 지급하는 특수보조 인력의 급여*로는 어림도 없는 일이었다. 통역의 질이 떨어지자 아이들의 수업 집중도 역시 떨어졌다. 수업 내용을 따라가기 어려워했고 통역사를 교체해달라고 요청했다. 학부모는 교육청과 학교에 전문 수어통역 인력을 요청했지만 교육청은 특수보

---

* 당시 보수는 1일 43,960원으로 한 달에 90만 원도 채 되지 않았다. 음성언어 전문 통역사가 받는 급여에 비하면 매우 열악한 처우다.

조 인력에게 지급되는 급여로 구할 수 있는 수어통역사를 알아보거나 대전 지역에 있는 특수학교에 진학시키라고 답변했다. 이후 수어 권리 확보를 위한 대전 지역 공동대책위원회가 만들어졌다. 아이들은 자신들의 1차 언어인 수어로 교육받을 수 있는 권리를 요구했다.

한국 농인은 장애인을 대상으로 하는 특수학교에 진학하더라도 수어로 수업을 듣기 어렵다. 농학교라 하더라도 수화 사용을 최소화해 구화를 중심으로 교육하고, 국가공인 수화통역사 자격증이 없어도 특수교사가 될 수 있기 때문이다. 특수학교가 이런 상황인데 일반 학교는 오죽할까. 음성언어 중심으로 진행되는 학교 교육은 수어를 사용하는 농인에게 '말'을 배울 것을 강요한다. 문제를 해결하기 위해서는 수어가 공식 언어임을 인정하고 농인이 농인의 언어로 교육받을 수 있는 권리를 확보해야 한다. 이 같은 이유로 대전 지역에서 수어를 언어로 인정하라는 움직임이 일어났다.

사용하는 언어가 다르다는 이유로 다니고 싶은 학교를 선택할 수 없고 장래 희망 하나 마음대로 기술하지 못한다는 건 어떤 걸까. 듣지 못한다는 이유로 과학자도 꿈꿀 수 없고, 대통령은 물론 우주비행사도 될 수 없다는 것을 알게 된다면 어떨까. 다른 언어를 사용한다는 이유로 모든 상황에서 제약을 받고 자유롭게 꿈꿀 수 없다면 말이다.

질문은 농교육에 대한 관심으로 이어졌다. 농학생들이 수어로 교육받을 수 있는 권리를 확보하기 위해서는 어떤 절차를 거쳐야 할까. 그때 이 책을 만났다.

수도 워싱턴 D.C.에 있는 갤러뎃대학은 약 1세기 반에 이르는 역사를 지닌 농아인을 위한 대학과 대학원이다. 미국 농아인의 고등교육을 담당하는 한편 수화와 농인에 대한 연구에 많은 실적을 내놓고 있다. 1988년에는 학생의 보이콧으로 수화를 할 줄 모르는 청인 학장이 해임되고 농인 학장이 선임되면서 농인의 권리 운동과 농인 문화 전파 거점으로 전 세계에 알려졌다. (…) 갤러뎃대학 학내에서는 영어를 쓸 일이 별로 없다. 농인과 청인이 모두 미국수화로 얘기하기 때문이다. 사적인 수다만 수화로 하는 것이 아니다. 강의실, 사무실, 도서관, 기숙사, 카페테리아, 매점…… 전화 이외의 대부분의 업무가 수화로 이루어진다. 학내 경비원도 청소 노동자도 스쿨버스 운전자도 대부분의 사람이 주고받는 대화는 거의 모두가 미국수화다. (…)
또한 이 대학에는 농아인에게 맞춘 독특한 건축 문화가 있다. 예를 들어 도서관과 카페테리아 등의 건물에는 층 사이에 경계가 없이 트인 구조가 많다. 일층과 이층이 서로 바라볼 수 있게 되어 있다. 카페테리아의 일층에서 커피를 마실 때 이층의 친구를 발견하고 손을 흔들며 얘기하기 시작하여 그대로 일층과 이층 사이에서 계속 수화로 수다를 떤다. 이것이야말로 시각언어에 적합한 건축 문화다. '갤러뎃은 농아인의 나라'라는 말을 듣곤 하는데 이건 과장된 비유가 아니다. 농인이 언어적·문화적 주류인 공간이 현실에 존재한다.[*]

이런 교육 공간이 있기에 미국을 '농인의 천국'이라 부르고 농문화의 중심에 있는 갤러뎃대학을 '농인의 나라'라고 말했던 것이다. 나는 아빠와 함께 농인의 천국이자 농인의 나라인 갤러뎃대학으로 향했다.

농인의, 농인을 위한 학교

'긴 머리+여자'는 우리를 갤러뎃대학교가 위치한 워싱턴 D.C.까지 데려다주었다. 워싱턴 D.C.에서의 일정을 책임질 황창호 농인 목사님을 만났다. 턱이 도드라져 보이는 외모 때문에 '턱+남자'라는 수어 이름으로 불린다고 소개했다. 그의 안내로 들어간 갤러뎃대학교는 넓고 고요했다.

"여기가 대학 캠퍼스야?"

---

[*] 아키야마 나미·가메이 노부다카, 『수화로 말해요』 서혜영 옮김, 삼인, 2017, 222~24쪽.

무의식적으로 입술을 움직여 말했다. 여름 방학이라 한산하다지만 고요해도 너무 고요했다.

'턱+남자' 목사님은 우리를 대학 본부 사무실로 안내했다. 익숙한 얼굴이 있었다. EBS에서 방영한 〈똘레랑스: 수화는 언어다〉 편에서 봤던 정훈씨였다. 정훈씨는 눈이 마주치자 오른손으로 왼팔을 스쳐 내린 후 두 주먹을 아래로 숙였다. "안녕하세요." 한국수어였다. 아빠와 나는 반가운 마음에 고개를 크게 숙였다. 그는 하던 일을 멈추고 자리에서 일어섰다. 학교 구경을 시켜주겠다고 했다. 아빠는 어떻게 미국에 오게 되었냐며 신기하고 궁금한 표정으로 물었다.

"원래 그림을 그렸어요. 고등학교 졸업하고 미대 두 곳에 지원했는데 떨어졌어요. 면접 자리에 수어통역이 없었거든요. 그 뒤로 뭘 할까 생각하다 돈을 벌어야 해서 친구들과 함께 공장에 취업하기도 하고 마트에서 일하기도 했어요. 그중 한곳이 경기도 안성이에요. 상국씨가 살고 있는 안성이요. 미국에 가면 농인도 공부를 할 수 있다는 이야기를 들었어요. 그 길로 돈을 모아 미국에 왔죠. 갤러뎃대학교 농학과Deaf Studies에 입학했고 아르바이트를 하면서 학교를 다녔어요. 졸업 후 학교 측으로부터 디자인 관련 일을 해보겠느냐는 제안을 받아서 지금 보시는 것처럼 학교 홈페이지 디자인도 하고 홍보 브로슈어 등을 만드는 일을 해요."

알고 보니 엄마 아빠와 한 다리 건너면 다 아는 사이였다. 한국 농사회는 무척 좁아 하루면 모든 전국 농인이 소문을 전해 듣는다더니. 역시 그랬다.

정훈씨는 우리를 입학처로 안내했다. 학교의 역사가 한눈에 펼쳐졌다.

"갤러뎃대학교는 150년의 전통을 가진 세계 유일의 농인 대학이에요. 농인 어머니를 둔 에드워드 갤러뎃이 농아와 맹인을 위한 컬럼비아학원의 교장으로 임명되었고, 1864년에 국회로부터 승인을 받아 지금의 갤러뎃대학교가 되었죠."

한국에서 방문객이 오면 한국수어를 할 수 있는 사람이 별로 없기 때문에 매번 가이드를 담당하게 된다면서 능숙하게 학교의 역사를 설명했다.

"그중 가장 유명한 건 Deaf President Now 운동인데요. 1988년 3월에 있었던 일이에요. 아시다시피 이곳은 농인을 위한 세계 유일의 교양학부 대학이지만 개교한 지 124년이 지나도록 농인이 총장을 한 적이 없었어요. 학생들은 새로운 총장 선거에 농인 후보를 요구했는데 학교 본부 측에서 농인에 대한 이해가 부족한 후보를 내세웠어요. 학생들은 자신들의 이야기를 듣지 않는 학교에 항의하며 학교를 폐쇄하고 캠퍼스에 바리케이드를 쌓았죠. 그게 바로 DPN-1998이에요."

농인종합대학이지만 농인을 '돌봄의 대상'으로만 바라본 청인에 대한 불만이 터져나온 것이다. 그 결과 최초의 농인 총장이 부임했고 지금까지도 농인의 입장을 가장 잘 이해하는 농인 당사자가 총장이 된다. 이야기를 들으며 한국의 농교육 문제가 떠올랐다. 한국은 수어로 수업받을 권리를 요구하며 투쟁해야 하는 상황이라고 하자 그는 미국은 농학교든 일반 학교든 수어로 수업을 받을 수 있다고 설명했다.

"음성언어로 수업이 진행되는 일반 학교에서는 전문 수어통역 인력을 요청할 수 있어요. 그럼 모든 수업시간에 통역을 받을 수 있죠. 그건 농인의 기본적인 권리예요."

아빠는 입을 떡 벌린 채 고개를 끄덕였다.

우리는 입학처에서 나와 학생회관으로 향했다. 건물 내부가 환했다. 입구에는 엑스포에서 보았던 화상전화 부스가 있었다. 넓은 의자와 큰 스크린이 있는 부스가 여러 개 있었고 그 사이는 칸막이로 구분되어 있었다. 아빠는 이마를 오른손으로 탁 쳤다. 공짜, 무료라는 뜻의 수어였다. 정훈씨는 고개를 끄덕이며 오른손의 중지를 입 위에 댔다가 앞으로 내밀며 중지와 엄지를 붙였다.

"당연하죠."

몇 걸음 옮기니 시야가 확 트인 홀이 나타났다. 홀 중간에는 계단이 있었는데 올라가고 내려가며 지하 일층과 지상 일층, 이층까지 한번에 둘러볼 수 있는 구조였다. 지하 일층에는 학생

식당과 우체국을 비롯한 편의시설이 있었다. 학생으로 보이는 몇몇 사람들이 계단과 지하 일층 사이에서 손을 움직이며 대화했다.

"갤러뎃대학교는 층과 상관없이 일층에서도, 이층에서도 서로를 바라보며 대화할 수 있어요. 멀리 있다고 소리를 크게 지를 필요가 없죠. 건물 내부를 탁 트인 공간으로 만든 거예요. 벽을 없애고요. 안과 밖을 볼 수 있도록 유리벽과 유리창을 사용하고요. 부득이하게 코너를 만들어야 한다면 둥그렇게 마감했어요. 각진 코너와 닫힌 공간은 농인을 불안하게 만들거든요."

놀라웠던 건 건물 내부가 주는 아늑함이었다. 이쪽을 바라보면 유리벽 너머에서 책을 읽는 사람이 보이고, 고개를 돌려 저쪽을 바라보면 계단을 오르는 이가 보였다. 공간의 밝기 역시 중요했다. 학생회관 건물은 시각언어를 사용하는 농인을 중심에 두어 자연 채광으로 밝기를 높여 설계했다.

구내 서점과 매점에서는 학교 마크가 새겨진 기념품과 참고서적을 살 수 있었다. 아빠는 갤러뎃대학 마크가 새겨진 남색 티셔츠를 사겠다고 했다. 나는 기념품 코너 옆 서적 코너로 향했다. 대학 출판부에서 출간한 농 관련 서적이 빽빽하게 꽂혀 있었다. 한쪽 구석에는 학생들이 읽고 내놓은 중고 서적도 있었다.

서가는 미국수어뿐만 아니라 미국 청각장애의 역사, 문화, 예술, 교육 등 세부 분야로 나뉘어 있었다. 한국에서는 쉽게 찾아볼 수 없는 자료였다. 농인들의 언어를 또하나의 언어로 보고 그들이 살아가고 있는 사회와 문화를 소수 사회이자 소수 문화로 접근했을 때 이런 다양한 연구가 가능하다는 걸 보여주는 광경이었다. 하나하나 들여다보며 어떤 책을 구입할지 고민하자 '턱+남자' 목사님은 도서관에 가면 더 많은 장서가 있으니 가보라며 나를 일으켜세웠다.

버튼만 누르면 휠체어 두 개는 거뜬히 지나갈 수 있을 정도로 넓게 열리는 자동문을 통과해 학생회관에서 나왔다. 청각장애뿐 아니라 지체장애를 중복으로 가진 학생도 있기에 모든 건물이 자동문 시스템을 필수로 갖추고 있었다.

농건축과 농 관련 전공의 메카

정훈씨는 도서관에 들어서자마자 사무실로 향했다. 한국 농인 한 명이 도서관의 자료 아카이빙을 담당하는 한승헌이라고 소개했다. 그는 한국수어를 사용한 지 오래되어 거의 잊었으니 이해해달라고 했다. 그는 수어를 할 때마다 입속의 혀로 입천장을 치며 똑, 똑 하는 소리를 냈다. 묘한 리듬감이 만들어졌다. 청인이 음성언어로 말할 때 고유한 말투와 몸동작을 지니듯이 농인도 고유한 말투와 동작을 가진다. 가령 아빠는 숨소리가 꽤

나 거친 편이고 엄마는 놀라울 정도로 소리 내지 않고 수어를
한다. 어렸을 적 청인 가족과 어른들로부터 장애인 같은 소리,
이상한 소리를 내지 말라는 교육을 받았기 때문이다. 그런 엄
마도 무의식적으로 소리를 내곤 하는데 흥분하거나 신이 날 때
그렇다.

"전 세계 농 관련 자료는 모두 여기 있다고 볼 수 있어요. 갤
러뎃대학의 자료도 지속적으로 아카이빙하고 있고요. 보라씨
도 책을 하나 썼다면서요? 나중에 이쪽으로 보내주세요."

아빠가 딸이 출간한 책을 자랑하자 그는 도서관에 코다 관련
자료도 많다고 덧붙였다. 농인의 천국이자 메카였다. 도서관을
나와 한 건물 앞에 섰다.

"여기 길은 평지인데도 조금씩 경사가 있죠? 농인이 대화할
때는 서로의 수어를 보며 걷기 때문에 주변의 변화를 감지하지
못할 때가 많아요. 들리지 않기 때문에 어느 정도 걸었는지 거
리를 인지하기도 어렵고요. 학교 내부의 길에는 농인이 공간과
거리의 변화를 가늠할 수 있도록 약간의 경사가 더해져 있어요.
이 건물은 최근에 지어졌는데요. 센터를 짓기 전에 디자인 설계
단계부터 농인이 함께했다고 해요."

기부자의 이름을 붙여 '제임스 리 소렌슨 랭귀지 앤드 커뮤
니케이션 센터'라고 불리는 건물은 외부 마감이 통유리로 되어
있다. 건물 내부에 있는 사람과 외부에 있는 사람이 제약 없이

손으로 대화할 수 있다. 입구에 들어서자마자 학생회관에서 보았던 것처럼 커다란 홀 구조의 내부 풍경이 보였다. 로비에서 얼마든지 일층과 이층을 아우르며 대화할 수 있다. 엘리베이터는 밖에서도 안이 훤히 보이는 구조였다.

"농인은 엘리베이터를 타면 공포감을 느껴요. 아무것도 보이지 않는 닫힌 공간이기 때문이죠. 청각의 부재로 시각에 의존하는데 엘리베이터가 도중에 멈춘다면 어떻게 될까요? 그래서 엘리베이터는 유리로 마감되어 있어요. 건물 전체가 유리로 되어 있는 것과 같은 이유죠."

투명한 엘리베이터에 몸을 실었다. 사방이 유리로 되어 있어 답답함이 느껴지지 않았다. 농인이 엘리베이터를 탄다면 어떤 느낌일지, 비장애인 중심으로 설계된 공간에서 농인은 어떤 불편함을 느낄지 생각해본 적이 없었다. 문화 충격이었다. 건물에는 듣고 말하는 감각과 언어의 관계를 탐구하는 연구소도 있고, 아이들을 대상으로 한 언어치료 센터도 있었다. 정훈씨는 또다른 한국 농인을 소개했다. 연구소에서 나온 여자는 서투른 한국수어로 말했다.

"갤러뎃대학 수학과를 졸업했고 이름은 최송화예요."

미국에 온 지 오래되어 한국수어를 많이 잊었다면서 수줍게 웃었다. 센터에서 일하며 언어가 뇌에 미치는 영향에 대해 연구하고 있다고 했다. 그가 연구소 내부를 돌며 안내하자 연구소장도 우리를 반갑게 맞았다. 그가 나와 아빠를 보며 미국수어로 말하면 옆에 서 있던 정훈씨가 한국수어로 통역했다. 우리는 한국수어와 미국수어를 자유자재로 구사하는 그들의 손을 거쳐야만 고개를 끄덕일 수 있었다.

"처음 배우는 언어가 아동의 뇌 발달에 어떤 영향을 미치는지 연구하고 있어요. 한국에서는 아이가 농인으로 태어나더라도 입으로 말하고 귀로 듣는 법을 가르치려고 하죠. 부모가 수어를 쓰는 농인인 경우 자연스럽게 부모가 아이에게 수어를 가르치게 되지만요. 만약 부모가 아이에게 수어를 가르치지 않고 음성언어를 가르칠 경우 농아동은 언어를 배울 시기를 놓쳐버려요. 어렸을 때 미세한 근육을 움직이면서 언어를 학습하는 경우와 그 시기를 놓치는 경우는 엄청난 차이가 있어요. 가장 잘 배울 수 있는 언어를 습득한 후에 그 언어를 바탕으로 다른 언어를 학습하는 것이 가장 이상적이에요."

최송화씨는 이야기를 하며 정훈씨를 돌아보았다. 그는 이야기를 듣다가 필요로 하는 단어를 한국수어로 일러주었다.

"청각장애와 농인에 대한 다양한 연구가 한국에 알려지면 좋겠어요. 한국은 이 분야에 대해서는 아직 부족하거든요. 농에 대한 인식도 그렇고요."

나는 고개를 끄덕였다. 아빠는 이들이 한국에 돌아와 연구 실적을 공유하고 농사회를 발전시켜야 한다고 했다. 그러나 그러고 싶어도 한국에서는 일자리를 구하는 것 자체가 어렵다며 그들은 어깨를 으쓱했다.

센터 내부의 강의실도 둘러보았다. 한 강의실에서는 학생들이 둥그렇게 모여 앉아 있었다. 이곳의 강의는 수어로 진행되기에 서로의 얼굴과 손이 잘 보이는 게 중요하다. 강의실 앞에는 큰 모니터가 설치되어 있어 멀리서도 각각의 수어를 잘 볼 수 있었다. 복도에 있는 모니터에서는 학생들이 제작한 단편 영화가 상영되고 있었다.

"여기는 종합대학교라 전공이 다양해요. 영화과도 있고 제가 나온 수학과도 있고 정훈씨가 졸업한 농학과도 있어요. 여느 대학과 다름없이 보이지만 조금씩 차이가 있어요. 농인들이 영화과에서 영화를 공부하고 제작하면 농영화를 공부하고 제작하게 되죠. 만드는 사람이 농인이니까요. 건축과라면 농건축에 대해 공부하고 관심을 갖게 돼요. 언어학도 마찬가지예요. 각 전공이 농인의 감각과 언어, 세계를 만나면 완전히 다른 전공이 되는 거죠."

복도를 지나 연구실로 들어섰다.

"여기는 현재 석박사 과정에 있는 분들이 연구중인 연구실인데요. 안녕하세요."

"안녕하세요."

그는 입과 손을 동시에 움직여 말했다. 충주 성심학교에서 교사로 근무하다 이곳에서 농교육을 전공하며 박사 과정을 밟고 있는 황윤재 선생님이었다. 정훈씨가 우리를 가리켜 부녀지간이며 나는 들을 수 있는 코다라고 설명했다. 황윤재 선생님과 나는 청인이었지만 손을 움직여 통성명을 했다. '턱+남자' 목사님과 정훈씨, 나와 아빠, 최송화씨, 황윤재 선생님까지 하나의 무리를 이룬 우리는 연구실 복도를 꽉 채운 채 소리 없이 이야기꽃을 피웠다.

내가 코다라는 정체성에 대해 관심을 갖고 있다고 하자 황윤재 선생님은 교수진 중에 코다로서 농문화에 대해 연구하는 교수도 있다며 자료를 보내주겠다고 했다. 끝도 없이 펼쳐지는 농문화의 향연에 마치 꿈을 꾸는 것만 같았다. 아빠는 여러 차례 여기서 살고 싶다고 말했다. 입가에 검지를 대고 침 흘리듯 손가락을 내리는 동작은 부럽다는 수어였는데 아빠는 자꾸만 입가에 검지를 댔다. 그런 아빠를 보며 엄마가 이곳에서 태어났더라면 교사의 꿈을 단번에 이루었을 거라 생각했다.

연구실에서 농인 교수들이 지나가는 우리 모습을 보고 반갑게 인사를 건넸다. 농인도 대학교에 입학하고 석사뿐만 아니라 박사 과정에 진학할 수 있는 세상. 교수가 되어 청인과 농인을 가르치며 연구할 수 있는 곳. 그런 유토피아가 눈앞에 있었다.

농인이 되어보는 경험

워싱턴 D.C.의 미술관과 박물관 방문 일정을 미리 잡아두었지만 농문화의 무궁무진한 보고인 갤러뎃대학을 방문하고 나서는 일정을 조정해서라도 한 번 더 학교에 들르는 편이 낫겠다고 결정했다. 이미 여러 사람에게 통역과 가이드를 부탁하며 폐 아닌 폐를 끼쳤으므로 오늘은 지하철을 타고 아빠와 단둘이 학교를 둘러보기로 했다.

도서관과 서점에서 자료를 충분히 살펴보고 싶었다. 아빠는 원하는 책이 있으면 사줄 테니 내키는 대로 둘러보라며 넉넉한 표정을 지었다. 내가 농학과에 관심을 보이며 농문화를 공부하게 되면 구체적으로 어떤 걸 연구할 수 있는지 묻자 아빠는 미국 유학에 대해서도 고려해보라며 지지해주었다.

우리는 어제 둘러보았던 캠퍼스를 익숙한 발걸음으로 오갔다. 도서관에는 일주일을 잡고 보아도 충분치 않을 만큼의 자료들로 가득했다. 자리를 잡고 앉아 책을 펼쳤다. 이 많은 자료를 언제 둘러보겠나 싶은 마음에 눈이 가는 책 이름을 수첩에 옮겨 적기에 바빴다. 『아버지의 손Hands of My Father』이라는 책을 골랐다. 농인 아버지를 둔 청인 작가의 자전적 에세이였다. 『할리우드를 말하다Hollywood Speaks』도 골랐다. 농과 영화 산업을 다룬 책이었다. 농문화를 문화로 인식한다는 것이 놀라웠다. 나는 새로운 행성에 갓 발을 들인 것처럼 주위를 천천히 둘러보며 어디로 발을 내디뎌야 할지 고민했다. 아빠는 사진을 중심으로 책을 보고 있었다. 아빠의 어깨를 톡톡 쳤다.

"커피 마시러 가자."

코에 검지를 대고 두 번 두드린 후 엄지손가락을 펴서 내 어깨의 뒤쪽을 가리켰다. '커피+가자(하자)'라는 뜻이다.

"여기로 공부하러 오면 정말 좋겠다. 아빠랑 엄마도 미국에서 태어났으면 공부를 계속할 수 있었겠지?"

"이민 오고 싶어. 장애인 차별도 없고. 길에서 사람들도 쳐다보지 않아."

"맞아. 수어 하며 걸어도 사람들이 우리를 쳐다보지 않아."

미국에 와서 가장 신기했던 게 바로 사람들의 예의바른 무관심이었다. 한국에서는 길을 걸으며 손을 움직이면 오가는 사람들이 대놓고 쳐다보거나 보지 않는 척하며 우리를 흘끔흘끔 쳐다봤다. 사춘기 시절에는 끔찍하게도 싫어서 부모님과 길을 걸을 때면 주머니에 손을 넣고 걸었다. 엄마가 내 어깨를 치며 말을 걸어도 고개만 살짝 좌우로 흔들고 싫다는 표정을 지었다. 그러나 이곳은 달랐다. 처음 발을 내디뎠던 라스베이거스에서 필라델피아, 볼티모어와 워싱턴 D.C.까지 아빠와 나는 수어를 하며 걷는 우리를 신경쓰지 않는 사회에 매번 감탄했다.

나는 코를 두 번 두드리며 카페를 찾았다. 학생식당 쪽에 카

폐가 하나 있었다. 점심식사를 하기 위해 모인 사람들로 가득했다. 식당 안쪽에서 입구로 들어오는 학생을 향해 큰 동작으로 말하는 이에서부터 동그랗게 자리를 잡고 서로의 눈을 바라보며 대화하는 사람들까지 다들 입술 대신 손으로 말했다. 귀 대신 눈이 시끄러웠다.

계산대 앞에 서자 주문을 받던 학생 하나가 손을 움직였다. 뭘 주문하겠느냐는 뜻인 것 같았다. 아, 커피…… 커피 한 잔 달라고 하고 싶었지만 그와 나의 언어는 달랐다.

"아빠, 미국수어로 커피 어디서 마실 수 있냐고는 어떻게 말해?"

아빠는 양 손바닥을 하늘로 향하게 뒤집은 채 어깨를 으쓱 올렸다. 모르겠다는 표정이었다. 학생은 내게 다시 한번 물었다. 나는 알고 있는 미국수어를 총동원했다.

"저 한국에서 왔어요. 저는 말하는 청인, 여기 아빠는 농인입니다."

학생은 영문 모를 표정을 지었다.

"저, 미국수어, 모른다. 나, 청인, 당신, 말?"

나는 눈썹을 최대한 위로 올려 문장에 물음표를 찍었다. 그러나 여전히 모르겠다는 얼굴이었다. 혹시 들을 수 있는 사람이 있을까 해서 음성언어로 다시 말했다.

"실례합니다. 커피 한 잔 마시고 싶은데 어디로 가면 되는지 아세요?"

그의 표정에 귀찮음과 짜증이 올라왔다. 어깨 너머로 우리를 쳐다보는 몇몇 농인이 보였다. 내가 음성언어를 사용해서 그런 듯했다. 갤러뎃대학에서는 음성언어를 사용하지 않는 것이 암묵적인 룰이다. 농인이 모인 공간에서 모든 대화는 수어로 해야 하고 피치 못한 사정으로 전화를 받거나 걸 때는 농인이 없는 공간에서 해야 한다. 청인으로부터 차별받고 소외되며 살아온 농인이 이곳에서만큼은 자유롭게 소통할 수 있도록 하기 위해서다. 일종의 대항 공간이자 대안 공간인 셈이다.

미국수어를 모르니 혹시 다른 언어를 할 줄 아느냐고 물은 것뿐이지만 그들을 불편하게 했던 건 아닌가 싶어 미안한 마음이 들었다. 아빠와 내가 계산대 앞에 물끄러미 서 있자 점점 더 많은 사람이 우리를 쳐다봤다. 부끄러웠다. 나는 아빠의 팔을 잡았다. 검지를 얼굴 관자놀이 쪽에 대고 "왜?"라고 묻는 아빠에게 오른손을 바깥쪽을 향해 털었다.

"그냥 가자."

얼굴이 새빨개진 채로 식당을 나왔다. 아빠는 아무렇지 않아 보였지만 나는 쏟아지던 시선이 자꾸만 떠올랐다. 꼭 "너는 왜 미국수어를 못해? 우리는 전부 미국수어로 소통해"라고 말하는 것 같았다. 어디를 가든 농인들을 차갑게 쳐다봤던 것처럼 말이다. 난생처음으로 농인의 위치에 서는 경험을 했다.

저녁에는 이곳에 사는 한국 농인과 식사를 했다. 일을 마치고 온 '턱+남자' 목사님과 최송화씨, 정훈씨 부부를 비롯한 몇몇 농인이 함께했다. 아빠는 세상에서 한국 음식이 제일 맛있다며 된장찌개를 시켰다. 나는 밥 대신 빵과 스파게티를 맛있게 먹을 수 있었지만 아빠는 한식을 그리워했다. 주문을 한 후 신나게 수어로 대화를 했다. 미국수어와 한국수어를 할 수 있는 농인 교민은 우리를 위해 한국수어로 이야기했다. 하루종일 이야기할 상대가 나뿐이었던 아빠는 그간의 회포를 풀듯 얼굴 근육과 손을 움직였다.

"저기요, 물 좀 더 주세요."

나는 목소리를 내어 말했다. 한인이 운영하는 한국 음식점이라 한국 음성언어를 사용할 수 있었지만 주문 외에는 음성언어를 사용하지 않았다. 그렇게 하지 않아도 충분했다.

농인 부모의 언어이자 세상에 태어나 처음으로 배운 언어를 사용하는 사람들, 입을 열어 음성언어로 설명하지 않아도 어떤 감정을 느끼는지 아는 이들. 어느 위치에서 손가락을 움직이느냐에 따라 어떤 감정을 표현하는지 알아채는 사람들. 눈썹 근육을 위로 움직였을 때 표정이 어떻게 달라지며 그게 무슨 의미인지 아는 이들이 여기 있었다. 나는 그들과 함께 부모의 언어이자 나의 언어를 사용하며 이야기했다. 입술로 설명하지 않아도 그들은 내가 코다라는 걸 알고 있었다. 입으로 말하는 사람과 손으로 말하는 사람 사이를 오가며 지내온 것이 얼마나 고됐는지를 굳이 말하지 않아도 되었다. 나는 부모의 세계이자 나의 세계에서 안정감과 안도감을 느꼈다. 나 자체로 오롯할 수 있었다.

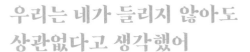

우리는 네가 들리지 않아도
상관없다고 생각했어

농인 부모와 얼굴을 보며 수어로 대화하며 자란 나는 상대방의 눈을 보며 말하는 것이 어색하지 않다. 중학교 3학년 때 담임선생님께 꾸중을 들은 적이 있다. 선생님이 하는 말을 잘 듣기 위해 눈을 똑바로 보았다가 어디 선생이 말하는데 쳐다보느냐며 더 혼이 났다. 그전까지는 다른 사람들도 나처럼 눈을 마주치는 것에 익숙한 줄만 알았다.

북미에서는 거리의 풍경을 놓치고 싶지 않아 눈을 크게 뜨고 숨을 깊이 들이마셨다. 낯선 이와 눈이 마주치면 살짝 웃으며 인사했다. 얼굴과 손으로 말하는 법을 배웠기에 어렵지 않다. 한국에서는 사람들이 눈만 마주쳤다 하면 차가운 표정을 지었다. 낯설게 느껴졌다.

미국에 다녀온 후 미지의 대륙을 발견한 것처럼 들떠 있었다. 세계 유일의 농인종합대학에 다녀왔다고 하자 사람들은 잘 이해하지 못했다. 재활원 혹은 복지시설에 다녀온 것이냐고 되물었다. 어렸을 때부터 다르다고 생각했던 농인 부모의 세상이 정말로 특별한 것이었다고 말하고 싶었지만 쉽게 설명할 수 없었다. 코다로서의 경험뿐 아니라 미국에서 만난 농문화에 대해서도 설명해야 했다. 길고 긴 이야기를 들어줄 이는 많지 않았다. 영화를 만들어야 했다. 농인 부모에게서 태어나 수어를 배우고 어린이집에 가서야 말을 배우는 존재가 코다이며, 이들은 농사회와 청사회를 오가며 자란다는 걸, 몇몇 국가에서는 코다에 대한 연구가 진행되었고 코다의 정체성 혼란이나 사회적 위치에 대해 인지하고 있다는 이야기를 전하고 싶었다. 나의 정체성을 찾아나가는 과정에 관한 영화를 제작하기로 했다.

단편영화에서 장편영화로

국가공인 수화통역사 자격시험 중 수어통역 실기시험을 치르던 날이었다. 조연출 준용이 카메라를 들고 물었다.

"어떤 시험이 제일 쉬웠어요?"

"음성을 듣고 문장으로 옮기는 필기통역 시험, 수어 영상을 보고 음성으로 통역하는 음성통역 시험, 음성을 듣고 수어로 통역하는 수어통역 시험. 이렇게 세 가지였는데 음성을 듣고 수어로 통역하는 게 제일 쉬웠어요."

"그래요? 나는 영어를 한국어로 통역하는 건 할 수 있지만 한국어를 영어로 통역하는 건 어렵던데. 누나는 그 반대인가봐요?"

어렸을 적 뉴질랜드로 유학을 갔던 준용은 영어를 한국어로 통역하는 것이 더 수월하다고 했다. 외국어를 모국어로 통역하는 것이 모국어를 외국어로 통역하는 것보다 쉽다고들 하는데 나는 좀 달랐다. 어렸을 때는 수어를 잘했지만 자라면서 집밖에서 보내는 시간이 더 많았기 때문에 음성언어를 사용하는 게 더 편했다. 음성언어를 더 잘하니 수어를 음성언어로 통역하는 것이 수월해야 했지만 그 반대였다. 음성언어를 수어로 옮기는 통역에서 더 많은 점수를 땄다.

한 학기 동안 단편 다큐멘터리영화를 만드는 수업을 수강했다. 내 이야기를 하기로 했다. 워크숍을 통해 영화를 제작해보면 나의 정체성을 발견할 수 있을 것 같았다.

내레이션: 엄마는 우리가 살았던 부천 집에 가보자고 했다. 엄마 아빠가 신혼생활을 시작하고 나를 낳은 집은 여전히 같은 자리에 있었다.

(보라와 엄마: 수어로)

보라: 나는 몇 살 때부터 수어를 배웠어?

엄마: 두 살. 8개월 때 책 가르쳐주고 엄마가 말하면서 수어도 가르쳐주고. 돌 전부터 배웠지. 8개월에서 10개월 정도. 돌 되니까 수어를 좀 할 수 있었어. 말하면 대답하고. 충분하게 할 수 있을 정도는 18개월 정도? 다른 아이들이랑 비교하면 네가 수어를 잘했어.

보라: 수어 어떻게 가르쳐줬어? 나무, 이런 거 어떻게?

엄마: 저기 보고 나무다. 수어로 나무. 이렇게 가르쳐주고. 나는 엄마, 아빠는 아빠. 이것저것. 호랑이 그림은 호랑이는 이렇게 (호랑이 걷는 모양을 흉내낸다) 걷는다, 이렇게 수어로 보여주면 따라서 배우고. 넌 잘했어.

엄마는 그때를 회상하는 듯했다. 우리집은 반지하였다. 엄마가 나를 집에 두고 시장에 가면 나는 종종 잠이 들었다. 집에 돌아오면 엄마는 집 뒤편의 창문 쪽으로 걸어와 "보아야(보라야)!" 하고 내가 깰 때까지 소리를 질렀다. 옆집과 위층에 사는 사람들이 무슨 일이냐며 소스라치게 놀라 달려왔다. 보라가 지금 자고 있어서 문을 안 열어준다며 엄마가 손에 글씨를 쓰면 동네 주민 모두가 나를 깨우겠다며 함께 내 이름을 불렀다고 한다. 사람들은 자식도 못 듣는 거 아니냐며 혀를 끌끌 찼다.

"청인들은 우리가 농인이기 때문에 너를 잘 키우지 못할까 걱정했어. 우리는 네가 들리지 않아도 상관없고 들을 수 있어도 괜찮다고 생각했어. 듣지 못해도 우리와 평생 수어로 대화할 수 있고, 소리를 들을 수 있다면 통역을 할 수 있으니까."

그곳에는 많은 이야기들이 숨겨져 있었다. 들으면 들을수록 흥미진진했다. 나는 나의 정체성을 발견하기 위해 부모에게로 카메라를 돌렸다. 프레임 안의 엄마와 아빠는 둘이 처음 만났을 때 지었을 법한 표정으로 서로를 바라보며 신혼생활을 회고했다. 나를 키울 때 얼마나 고생했는지, 그때 당시의 상황을 생생하게 묘사하며 한숨을 쉬었다. 바로 그 지점에서 농인과 영상 매체가 만났을 때의 장점이 확연하게 드러났다. 30분 남짓한 단편 영화를 상영하던 날, 수강생들은 농인이 이렇게 밝을 수가 있느냐며 놀랐다. 누군가는 농인이 청인보다 더 행복해 보인다고, 더 많은 이야기를 듣고 싶다고 했다. 재밌었다. 파면 팔수록 줄줄이 이어져나오는 이야기에 사로잡혔다. 그렇게 영화 〈반짝이는 박수 소리〉가 시작되었다.

씩씩한 화자

"지금 이 자리에 엄마 아빠가 와 계세요. 농인 부모님께서 여러분의 마음을 느낄 수 있도록 손바닥을 맞부딪혀 내는 박수 소리가 아니라 반짝이는 박수로 발표를 마치고자 합니다. 자, 이렇게 손을 들어주시겠어요?"

관객들은 두 팔을 들어 손을 반짝반짝 흔들었다. 극장 전체가 반짝이는 박수 소리로 가득했다. 엄마와 아빠는 사람들의 반짝이는 박수 소리를 눈으로 보고 마음으로 들었다. 입으로 말하는 사람들의 세상과 손으로 말하는 사람들의 세상이 만났다.

작업 과정에서 부딪힌 문제들

2013년 5월 서울국제여성영화제 피치 앤드 캐치 행사의 막이 올랐다. 피칭은 영화 제작 단계에서 제작비를 확보하거나 대중의 관심을 확인하기 위해 프로젝트를 소개하고 발표하는 행사다. 엄마와 아빠는 나의 발표를 보기 위해 서울로 올라왔다. 주최 측에 수어통역사를 섭외해달라고 부탁했다. 두 명의 통역사가 번갈아가며 행사 전체를 통역했다. 나는 참가자들과 함께 앉았고 엄마와 아빠는 통역사가 잘 보이는 자리에 앉았다. 둘은 고개를 끄덕이며 스크린 좌측에 서 있는 통역사와 스크린을 번갈아 쳐다봤다. 내가 농인 부모 옆에 앉지 않아도 되었다. 수어통역사가 전문적으로 통역을 담당했다. 장애 유무와 상관없이 누구나 평등하게 행사를 즐길 수 있었다. 나와 가족이 원하는 세상은 이런 거라는 생각에 코끝이 찡했다.

나중에 봤는데 1등 해서 놀랐어. 예상 밖의 일. 뭐 때문일까 생각했는데, 장애인이기 때문에 불쌍해서 특별 점수를 받았나? 그런가? 궁금. 모르겠어. 아빠

영화 〈반짝이는 박수 소리〉는 피칭 행사에서 제작지원금을 수상했다. 문제는 제작이었다. 대학에서 다큐멘터리영화 제작

을 전공했지만 실제로 장편영화를 만들어보는 것은 처음이라 막막했다. 카메라를 들고 엄마 아빠의 일상을 찍었다. 영화의 축은 농인 부모가 이사를 가고 싶어한다는 것이었지만 그리 극적이지 않다는 것이 문제였다.

부모의 생애사를 구술을 통해 푸는 일부터 시작했다. 구술은 입으로 말한다는 뜻인데 엄마와 아빠는 미세한 얼굴 근육과 손의 움직임을 통해 말했기 때문에 다른 단어를 찾아야만 했다. 부모는 한국에 사는 한국 사람이었지만 다른 언어와 문화를 가진 소수민족과 같았고 어떤 때는 다른 감각을 사용하는 외계인 같기도 했다. 입으로 말하는 사람들을 대상으로 영화를 만들 때와는 다르게 접근해야 했다. 어디서 태어났는지, 언어를 언제 처음 배우게 되었는지, 농학교에서의 생활은 어땠는지 물었다. 엄마가 이야기를 시작하자 아빠는 그런 이야기는 처음 듣는다는 표정으로 미간에 힘을 주었다 풀었다. 엄마의 이야기도 그랬지만 듣고 있는 아빠의 얼굴 근육은 또다른 관전 포인트였다.

입으로 말하는 사람들은 얼굴 표정이 다양하지 않다. 대답할 때도 단순히 그렇다고 대답하거나 고개를 끄덕이고 만다. 손으로 말하는 사람들은 여러 얼굴 근육을 사용한다. 수어를 할 때뿐만 아니라 이야기를 들을(볼) 때도 다양한 표정을 보인다. 그런 차이를 드러내야 했다.

영화 문법도 달라졌다. 가령 나는 농인 부모가 자신의 경험을 얼굴 표정과 수어로 이야기할 때 눈을 확대해서 찍을 수 없다. 얼굴 표정과 3차원 공간을 사용하는 수어의 세계에서 어느 한 부위만 확대해 촬영하면 무슨 말인지 알 수 없기 때문이다. 엄마는 '맛있다'라는 수어를 할 때 주먹을 쥐고 턱선을 따라 턱 왼쪽에서 오른쪽으로 올린다. 이 수어는 손동작만으로 완성되지 않는다. 맛있다는 표정이 중요하다. 수어에서는 표정이 손동작만큼 중요해서 표정 없이 수어를 하면 의미 전달이 되지 않는다. 얼마나 맛있는지, 맛이 없는데 맛있는 척하는 건지, 너무 맛있어서 정신이 혼미할 정도인지 결정하는 건 표정이다. 표정은 소리의 크기, 음율, 음색에 해당한다.

엄마와 아빠가 수어로 말할 때 눈과 손을 클로즈업해 촬영할 수 없었다. 머리부터 가슴까지 보이도록 찍었다. 그래야 촬영본을 다시 볼 때 무슨 내용인지 파악할 수 있었다. 엄마가 연극배우보다 더 생생한 표정으로 이야기를 하는데 학교에서 배운 영화 문법처럼 다른 부위를 찍는 것은 말도 안 되는 일이었다.

녹화 버튼을 누른 후 둘의 이야기를 지켜보았다. 현장에서의 인터뷰는 문제없이 진행되었지만 촬영분을 확인할 때 내가 어떤 질문을 던졌는지 알 수 없었다. 음성언어를 사용해 인터뷰했다면 감독의 목소리가 소리로 담겼겠지만 나는 카메라 뒤에서 고개를 끄덕이며 수어로 묻고 대답했다. 어떤 어조와 화법으로 질문했는지는 기억에 의존할 수밖에 없었다.

편집 문법도 달라졌다. 학교에서 다양한 숏 사이즈를 배웠고 편집 수업에서는 인서트*를 어떻게 사용하는지 실습했다. 그러나 농인이 주인공인 영화에는 적용할 수 없었다.

엄마는 내가 음성언어를 사용하지 않고 입을 꼭 다물고 수어로만 말했다고 손으로 말했다. 입을 꼭 다물었다고 말하는 엄마의 입도 다물어졌고 수어를 했다는 대목에서 엄마는 내 수어 장면을 재연했다. 이 사이에 사진이라든지 아빠의 표정과 같은 인서트를 삽입할 경우 엄마의 이야기는 뚝 끊겼다. 청인이 주인공인 영화에서 하는 것처럼 인터뷰 사이사이에 다양한 장면을 삽입하고 싶었다. 엄마의 말을 자막으로 처리하고 인서트를 넣을까 싶었지만 생생한 표정으로 말하는 엄마의 말을 다른 장면으로 대체하는 건 이상했다. 그렇다고 인터뷰 장면만 내보내는 것은 단조로워 보였다.

고민을 거듭하다 표정을 살리기로 했다. 연극배우보다 훨씬 다양한 표정을 사용하는 농인의 얼굴 표정과 움직임을 그대로 보여주기로 했다.

영화를 소개할 때마다 이렇게 말했다.

---

* 장면들 사이에 다른 장면이나 글자 또는 사진을 끼워 넣는 삽입화면.

"이 영화는 입술 대신 손으로 말하고 사랑하고 슬퍼하는 사람들에 관한 이야기입니다."

그렇기에 내레이션도 음성언어가 아닌 수어여야 했다. 청인이 아니라 농인이 중심이 된다면 세상은 다르게 구축되며 영화 문법 역시 달라진다는 것을 보여주어야 했다. 수어를 하는 영상으로 내레이션을 보여주고 자막을 통해 메시지를 전달했다. 흥미로운 시도였지만 너무 단조로워 영화의 몰입도를 떨어뜨렸다.

이 영화는 농인을 위한 영화가 아닌 청인을 위한 영화였다. 청인에게 농인의 반짝이는 세상을 소개하는 것이 영화의 목표였다. 고심 끝에 수어를 하는 영상으로 수어 내레이션을 사용하고 동시에 음성언어로 해설했다. 수어는 얼굴 표정이 중요한 시각 언어다. 그러나 영화 중간 내레이션 장면에 수어를 하는 얼굴이 나온다면 몰입이 깨질 터였다. 수어를 하는 두 손만을 클로즈업해 수어 내레이션 이미지를 만들었다.

영화를 만들겠다고 선언한 후로부터 엄마와 아빠는 '주제가 뭐?' '제목은 뭐?' '줄거리는 뭐?' '언제 완성?' 하고 문자를 보냈다. 편집 과정에 들어서자 엄마는 작업실에 방문해 편집을 지켜보았다.

"어서 보고 싶어. 영화 보여줘."

엄마는 눈을 크게 뜨고 화면을 바라봤다. 화면이 밝아지면서 엄마와 아빠가 사는 집이 나왔다. 아빠는 크리스마스트리를 설치하고 있었고 엄마가 등장했다. 둘은 수어로 반짝이는 박수 소리가 무엇인지 설명했다. 제목이 화면 가득 떴고 곧 화면이 어두워졌다. 엄마는 고개를 끄덕였다. 다음 장면에서 소리가 나왔다.

사진과 축구를 좋아하는 소년이 있었다. 달리기에 재능이 있는 소녀가 있었다.

축구 선수로 뛰던 때의 아빠 사진과 달리기를 하는 엄마 사진이 나왔다. 내레이션이 나왔지만 엄마에게는 이미지만 보였다. 엄마의 어깨를 톡톡 쳤다.

"화면에서 소리가 나오고 있어. 사진이랑 소리 동시에."

엄마는 무슨 뜻이냐며 검지를 좌우로 흔들었다. 버튼을 눌러 재생을 정지했다. 내레이션이 뭔지 설명해야 했다.

"사진이 나오고 있지만 여기 사운드 트랙이 있잖아. 영화에는 비디오 트랙이 있고 사운드 트랙이 있어. 말하는 사람이 화면으로 보이지는 않지만 음성언어로 말하면서 화자가 되는 거야. 영화에서는 엄마와 아빠가 주인공이지만 때때로 내가 등장해서 얼굴 없이 소리로 이야기를 전달해. 그 부분을 내가 통역해줄게."

엄마는 고개를 끄덕였다. 다시 재생버튼을 눌렀다. 내레이션이 나올 때마다 통역했다. 그러나 종종 손을 버벅댔다. 화면과 나를 번갈아 보던 엄마가 말했다.

"보기 불편해. 통역 만들어."

엄마가 고개를 돌려 통역에 집중하면 엄마는 화면의 이미지를 놓쳤다. 반대의 경우도 마찬가지였다. 마감까지 얼마 남지 않은 상황이었다. 수어통역 영상 없이 상영을 진행할까도 생각했지만 엄마와 아빠는 고대하고 있었다. 영화의 주인공이 영화를 제대로 볼 수 없다는 건 말도 되지 않는 일이었다. 나는 고개를 끄덕였다. 일정이 밭더라도 수어통역 영상을 삽입해야 했다.

코다 이길보라의 이야기

영화 〈반짝이는 박수 소리〉는 딸이자 감독인 화자가 농인 부모의 이야기를 내부자의 시선으로 접근한다는 점에서 다른 콘텐츠와 달랐다. 이는 장점이었지만 자칫하면 객관성을 잃을 수 있는 단점이 되기도 했다. 기획 단계부터 1인칭 주관적 시점이 좋을지 3인칭 객관적 관찰자의 시점으로 풀어야 할지 고민했다. 처음엔 후자를 택했다. 입술 대신 손으로 말하는 사람들의 세상 안에 카메라를 두고 그들을 관찰하기를 택했다. 그러나 음성언어에 익숙한 사람들이 80분이라는 제한 시간 안에 들리지 않는 세상으로 진입하는 건 쉽지 않았다. 가이드가 필요했다. 언어도 문화도 완전히 다른 세상을 여행하기 위해서는 그곳의 언어와 문화를 제대로 알고 있는 이가 필요했다.

약속된 기호가 아닌 농인 부모의 목소리가 무엇을 뜻하는지 알고 있는 건 바로 나였다. 나는 영화의 가이드가 되기로 했다. 그들과 함께 살아왔던 코다 이길보라의 이야기를 하기로 했다. 이는 영화의 또다른 레이어가 되었다. 농사회와 청사회를 오가며 살아가는 코다의 이야기는 내레이션과 동생의 인터뷰를 통해 풀었다. 가장 큰 고민은 내 이야기를 얼마나 풀어낼 것인가였다. 자칫하면 힘들었다고 징징대는 것같이 보일 수 있고 그렇다고 적게 풀면 무슨 이야기인지 가늠하기 어려웠다. 나는 동생의 이야기를 통해 코다의 삶을 보여주기로 했다. 동생 광희의 인터뷰를 통해 나와 비슷하고도 다른 코다의 이야기가 펼쳐졌다.

2014년 영화 〈반짝이는 박수 소리〉는 제16회 서울국제여성영화제에서 첫선을 보였다. 이후 여러 영화제에서 상영하며 관객을 만났다. KT&G 상상마당의 '대단한 장편 프로젝트'와 영화진흥위원회의 개봉 지원을 받아 다음해 전국 약 25개 관에서 개봉했다. 엄마와 아빠는 영화 상영 후 무대에 서서 관객과의 대화 행사를 진행했다. 나는 홍보를 위해 신문, 방송 등의 매체와 인터뷰를 했고 각 지역을 오가며 관객을 만났다.

사람들을 만날 때마다 영화에 다 담을 수 없었던 이야기를 풀어냈다. 아빠와 미국에 갔을 때 만났던 놀라운 미국의 농문화 이야기, 수어와 음성언어에는 어떤 차이가 있는지, 나라마다 수어는 왜 다른지, 수어는 왜 몸짓이 아니라 언어인지, 고요하지만 반짝이는 세상의 이야기를 전했다. 엄마는 영화와 관련된 모든 걸 알고 싶어했다.

—오늘은 어디서 상영? 관객 몇 명?

엄마의 문자에 답장을 하지 못할 정도로 바빴다. 많은 이가 애를 쓴 만큼 한 명의 관객이라도 더 모아야 했다. 엄마는 인터넷 포털 검색창에 '반짝이는 박수 소리' '이길보라'를 검색했다. 문자언어에 익숙하지 않았지만 읽고 또 읽었다. 누가 좋은 리뷰를 남겼는지 혹평을 했는지 읽으며 울고 웃었다. 엄마가 가장 좋아하는 건 사진이었다. 문자언어를 읽는 것보다 손쉽게 분위기를 파악할 수 있었다. 간혹 동영상도 있었다. 관객과의 대화 행사에 배우 한 명이 게스트로 참석했다. 관객이 어떤 질문을 했는지, 보라는 어떻게 대답했는지, 옆에 앉은 배우는 어떤 말을 하고 있는지 엄마는 궁금했다. 그러나 자막이 없었다. 배우의 팬이 올린 영상이었다. 엄마는 문자를 보냈다.

—지금 배우가 무슨 말? 관객이 무슨 말 하고 있어?

　　—엄마, 지금 늦었으니까 자.

　　—무슨 말인지 궁금해. 왜 자막 없어?

　　—배우랑 같이 관객과의 대화 행사한 거야. 다른 때와 비슷해.

　　—매일 영화 이름 검색. 나도 내용 알고 싶어. 왜 입으로 말

해? 자막 필요.

　엄마는 자막이 왜 없냐며 통역해달라고 했다. 몇 주간의 개
봉 일정으로 지친 상태였다. 영화와 관련된 이야기를 계속해서
하는 건 생각보다 쉽지 않았다. 입으로만 말해서 더더욱 그랬
다. 음성언어로 말하다가도 수어로 말하고 싶었지만 나의 표정
과 손짓을 이해하는 사람은 없었다.

　　—무슨 말인지 궁금. 자막 해줘.

　　—엄마, 모든 영상에 내가 다 자막을 만들 수 없잖아. 그 영
상은 내가 한 게 아니라 다른 사람이 올린 거야. 자막 없어. 나
지금 피곤해. 빨리 자.

　짜증이 났다. 화가 났다. 울분이 치밀었다. 나는 부모의 이야
기를 영화로 제작했다. 나의 이야기이자 코다의 이야기를 했
다. 영화 상영 후에도 계속해서 설명해야 했다. 켜켜이 쌓인 생

채기를 하나둘 꺼내 보여주었다. 씩씩해야 했다. 그래야만 슬퍼지지 않을 수 있었다. 누군가의 말과 표정이 또다른 상처를 만들기 전에 씩씩한 화자가 되어야 했다. 버거워 울고 싶을 때는 집으로 돌아오는 길에 울었다. 그래야 사람들 앞에서 울지 않을 수 있었다. 그런데 엄마는 또다른 걸 요구했다. 어렸을 적부터 해왔던 일, 당신이 이해하지 못하는 음성언어를 수어로 통역하는 일이었다. 그러나 나는 다 할 수 없었다. 영화의 화자, 감독, 프로듀서인데다가 홍보도 해야 했다. 엄마에게는 통역사가 되어야 했다. 많은 일을 해야 했고 또 하고 있는데 엄마는 더 원했다. 그러나 다른 사람처럼 그저 엄마도 알고 싶어하는 것뿐이다. 엄마의 잘못도 내 잘못도 아니다. 어렸을 때부터 부딪혀왔던, 내 몫보다 더 큰 짐들이 다시 내게로 쏟아졌다.

엄마는 외할머니의 생일잔치에 가야 하는데 동생이 가지 못하니 같이 가자고 했다. 꼭 보고 싶은 영화가 영화제에서 단 한 번 상영되는 때였다. 미안하지만 언제 볼 수 있을지 모르니 영화를 봐야겠다고 했다. 엄마는 이해하지 못했다.

"사람보다 영화가 더 중요해?"

"그렇게 말하지 마. 영화를 보고 공부하는 건 나에게 중요한 일이야."

"통역 없으니 가면 재미없어. 사람보다 물건이 더 중요?"

"그렇게 말하지 말라고. 예의 없어."

"너도 예의 없다."

엄마와의 대화는 끝이 났다. 나는 내가 할 수 있는 것보다 더 많은 걸 요구하는 상황에 질렸고 엄마는 화가 났다. 가족 중에서 통역을 할 수 있는 사람은 아무도 없었다. 동생과 나뿐이었다. 그러나 나에게도 삶이 있다. 평생 부모의 일정에 동행하는 통역사일 수는 없다.

엄마와 나는 만나지도 않고 영상통화도 하지 않고 문자 메시지도 주고받지 않으며 대치했다.

그러나 여전히

"영화 잘 봤습니다. 영화 속에서 감독님과 동생분이 이야기를 많이 하지 않는 것 같아요. 내밀한 이야기 같은 거 있잖아요. 분명 농인 부모에게서 자라면서 힘들었을 텐데. 그런 이야기는 드러나지 않은 것 같아 그 부분이 궁금합니다."

한 달간의 극장 개봉 일정을 마치고 종영하던 날, 관객과의 대화 행사에서였다. 고개를 끄덕였다.

"맞아요. 아직도 계속되고 있어요. 스물다섯 살이 되었고 이제는 부모와 함께 살지 않아요. 저의 이야기를 영화로 제작했고 지금처럼 계속 제 이야기를 사람들 앞에서 하고 있지만 내밀한 상처 같은 것은 여전히 남아 있어요."

최근 엄마와 싸운 이야기를 꺼냈다.

"엄마가 몹시 화를 내더라고요. 그런데 그건 제 의무가 아니거든요. 엄마의 식구들도 수어를 배워야 하고 제가 없어도 소통할 수 있어야 하잖아요. 집안의 모든 행사에 딸과 아들이 쫓아가서 통역해야 하는 건 아니잖아요. 코다가 아니라 엄마의 가족들, 사회와 국가가 책임져야 하는 부분이죠. 그런데 엄마는 어쩔 수 없……"

목이 메었다. 절대로 아마추어처럼 보이고 싶지 않았다. 씩씩하고 싶었다. 부모와 다툰 이야기를 하고 코다의 애로사항을 말하면서 울고 싶지 않았다. 울면 더 슬퍼지니까. 슬픈 이야기를 울면서 해버리면 감당할 수 없으니까. 그러나 모든 감정이 한꺼번에 터져버렸다. 영화를 완성하고 나서도 내가 감당해야 하는 일이 너무 많았다.

"감독님. 저는 오히려 시원했어요. 드디어 우는구나. 영화 안에서 씩씩하게만 얘기했던 감독이 우는구나. 꾹꾹 참아내다가 터뜨려버리는구나. 속이 다 시원했어요."

배급 팀장님은 엄지를 들었다. 창피했다. 그렇지만 엄마에게는 내가 왜 화를 냈는지 울고 말았는지 말할 수 없었다.

'나'와 다른 '너'를 그대로

영화 〈반짝이는 박수 소리〉를 만드는 과정은 언어를 찾는 여정이었다. 코다가 무엇인지, 코다로서의 정체성은 무얼 뜻하는지, 부모는 농인이라는 정체성을 가지고 코다 자녀를 어떻게 키웠는지, 동생은 둘째 코다로서 어떤 이야기를 품고 살아왔는지 탐구했다. 처음부터 답을 알고 있었던 건 아니다. 영화를 만들며 이야기를 발견했다. 정체성을 확립하는 과정이었다.

장애가 아닌 다른 문화에 대한 이야기

2017년 봄, 일본에서 영화 〈반짝이는 박수 소리〉를 개봉했다. 처음 만든 장편영화가 외국에서 극장 개봉을 한다는 건 창작자로서 영예롭고 기쁜 일이었다. 배급을 준비하며 많은 이들을 만났다. 한국 신인 감독의 영화를 개봉하겠다는 결정을 한 배급사 대표와 홍보 담당자는 영화를 진심으로 존중해주었다. 개봉 후 특별 행사로 감독과 영화 주인공인 엄마 아빠를 초대하여 한국수어와 한국 음성언어, 일본수어와 일본 음성언어, 네 가지 언어와 문화를 자유롭게 넘나드는 관객과의 대화 행사를 기획했다. 무모하고 뜨거운 마음으로 임했던 배급사와 극장, 통역사라는 조력자가 있었기에 가능했다.

일본에서 영화를 개봉하며 큰 위로를 받았다. 수어를 배운 적 있다며 진심으로 손과 팔을 움직여 말하는 기자, 눈을 마주치며 고개를 끄덕이던 일본 농인들, 나와 비슷한 경험을 했다고 말하는 일본 코다들, 어떻게 김치를 욕조에 담글 수 있느냐고 그게 한국 문화냐고 진지한 표정으로 묻던 관객들. 몸의 긴장이 풀렸다. 더이상 우리 부모님은 농인이고 그들은 수화언어와 농문화를 가지고 있다고 힘주어 말할 필요가 없었다. 일본 사회에서 그것은 한국 농인의 문화이자 언어로 받아들여졌다.

처음엔 일본이 한국보다 장애에 대한 인식에 있어 진보했기 때문이라고 생각했다. 그런데 그게 아니었다. 나를 비롯해 '한반도에서 태어나 한국어를 사용하는 단일민족이 한국인'이라고 교육받고 살아온 한국인은 다른 문화를 풍부하게 경험해본 적이 거의 없기 때문이다. 아무리 이것이 농문화이며 코다 문화라고 주장해도 다문화를 받아들이는 과도기에 놓인 한국 사회에서는 그 개념을 잘 이해하지 못했다. 일본 관객들은 영화를 보면서 느끼는 낯섦을 한국의 문화로, 한국의 농문화로, 한국의 코다 문화로 받아들였다. 다른 문화라는 프레임 안에서 장애는 더이상 장애가 되지 않았다. 다르게 살아가는 사람들, 다른 문화 중 하나가 되었다.

일본 개봉 이후 영화는 중국, 네덜란드, 벨기에, 영국, 캐나다, 독일, 미국 등에서 상영되었다. 캐나다 퀘벡주에서의 영화 상영 후 한 커플이 다가와 말했다.

"어렸을 때 부모님과 함께 이주했어요. 이상하게 영화를 보면서 많이 공감했어요. 영어를 잘 못하는 부모님 대신 말하고 통역하고 그들의 보호자가 되어야 했던 경험은 저의 것이기도 해요. 이건 코다의 이야기이지만 동시에 문화와 문화가 만날 때 생기는 일 같아요. 저희들이 그랬거든요."

영국과 미국에서도 비슷한 이야기를 들었다. 그제야 깨달았다. 이건 장애인의 이야기가 아니었다. 문화와 문화 사이에서 벌어지는 일이었다. 그곳에서 나는 나 자신을 설명할 필요가 없었다. 서로 다른 문화들 중 하나였기 때문이다. 별나고 특이한 존재가 아닌, 저마다의 고유함을 지닌 존재, '너'와 '나'가 될 수 있었다. 비로소 자유를 느꼈다. 청각장애인의 자녀가 아닌, 농인 부모의 자녀인 코다가 아닌, '나'로 존재할 수 있었다.

차이가 차별이 아니라 고유함이 되는 세상

2020년 초, 일본 코다들의 모임인 J-CODA의 학술대회에 초청받았다. 한국 코다로서의 경험과 창작 활동을 소개하고 코다코리아의 활동을 공유했다. 영어로, 한국수어로, 일본수어로, 일본 음성언어로, 한국 음성언어로 이야기를 나눴다. 일본 농인의 삶과 한국 농인의 삶이 비슷하듯 일본 코다와 한국 코다의 경험도 유사했다. 국경을 뛰어넘는 연대였다. 일본의 자매와 형제가 생긴 기분이었다.

농사회와 청사회 사이에서 태어나 나 자신이 코다임을 자각하고 정체성을 탐구해왔던 시간을 돌아본다. 그건 나의 삶을 재구성하는 언어를 찾는 여정이었다. 너와 나의 다름, 각자의 고유함을 발견하는 과정이었다.

코다는 태생적으로 교차성을 품고 태어난 존재다. 아니, 어쩌면 각자가 지닌 고유함과 다름이 주는 풍성함을 조금 일찍 알게 된 존재일지도 모른다. 당신과 나의 고유함이 '틀리다' '비정상적이다'라는 말로 차별받지 않기를 바란다. 서로의 다름과

고유함을 존중하며 '나'가 '너'를 알아가고 이해하는 생의 여정
이 더욱 아름답고 풍성하기를 꿈꾼다.

4부

나만이 아니었어

우리는 코다입니다

코다는 한국 농사회에서도 생소한 개념이었다. 농인 중에도 코다가 무슨 뜻이냐며 묻는 이들이 있었다. 코다가 정확히 무엇인지는 몰랐지만 나 자신이 코다라는 걸 알게 된 후 영화 〈반짝이는 박수 소리〉를 만들었다. 영화를 만드는 과정을 통해 코다 정체성을 확립했다.

영화를 보고 누군가 연락을 해왔다. 처음부터 끝까지 자기 이야기인 줄 알았다고 했다. 우리는 가볍게 커피 한잔하자며 만났지만 몇 시간 동안 입을 다물 수 없었다. 누구의 것인지 모를 이야기가 오갔다. 농부모의 맏이이자 여성으로서 태어난 경험과 통역을 도맡아 해야 했던 어린 시절, 착하게 자라야 한다는 걸 빨리 깨우쳐야 했지만 부모를 부끄러워했던 기억, 그러나

191

누구보다 부모와 부모의 세상을 귀하게 여긴다는 점 모두 나와 비슷했다. 우리가 좀더 일찍 만났더라면 어땠을까. 세상에 이런 사람들이 더 많이 있는 걸까. 이런 경험은 코다로서 겪는 일련의 과정인 걸까. 궁금증이 생겼다.

한국농아인협회에 코다가 모일 수 있는 자리가 있으면 좋겠다고 의견을 전했다. 협회에서도 그럴 계획이었다며 연락을 주기로 했다. 2014년 12월 한국농아인협회 중앙회 주관으로 〈토크 콘서트 CODA 열정樂서〉가 열렸다.

우리가 누구인지 발견해야 했다

행사장의 풍경은 낯설었다. 예상보다 더 많은 사람이 모였고 규모는 생각보다 더 컸다. 두툼한 외투를 벗고 찬찬히 숨을 골랐다. 익숙하면서도 낯선 풍경이 보였다. 현수막이 걸린 무대 위로 몇몇 수어통역사가 오갔다. 커다란 화면에는 한글 자막이 실시간으로 올라왔고 그 옆에는 여러 대의 컴퓨터가 있었다. 다섯 명 정도의 사람들이 앉아 타자를 쳤다. 내가 쓰는 키보드와는 다른 형태의 속기사용 자판이었다. 속기사들은 급하게 타자를 치지 않았다. 분량을 나누어 속기하는 모습이 선율에 맞춰 피아노를 치는 것 같았다.

행사가 시작되자 입으로 말하는 사람과 손으로 말하는 사람이 동시에 등장했다. 한 사람은 음성언어로 사회를 봤고 다른 한 사람은 수어로 통역했다. 스크린 위로 그들의 말이 문자언어로 옮겨졌다. 농접근권이 실현된 무대였다.

옆에 앉아 있던 연사들이 차례로 앞으로 나섰다. 누구는 마이크를 잡았고 어떤 이는 손과 표정을 움직이며 수어로 말했다. 수어통역사는 화자의 언어에 따라 음성언어를 수어로 옮기다가 마이크를 잡고 수어를 음성언어로 통역했다. 15분마다 통역사를 교체해야 최적의 동시통역을 할 수 있다고 배웠는데 바로 그 모습이었다.

코다라는 정체성을 가지고 무대에 선 이들은 자신의 이야기를 풀어놓았다. 나는 그들의 이야기를 보고 들었다. 전부 나의 이야기였다. 그들이 하는 이야기는 내가 미처 기억하지 못하는 나의 이야기였고 나의 이야기는 곧 그들의 이야기가 되었다. 어떻게 이다지도 닮은 삶이 있을까. 웃다가도 이내 눈시울을 붉혔다. 처음 만났는데도 낯선 기분이 들지 않았다. 아무것도 설명하지 않아도 되었다. 청인에게도 농인에게도 하지 못할 이야기를 '코다'에게는 할 수 있었다. 잃어버린 자매를 만난 기분이었다. 그들 앞에서는 더이상 어른인 척하지 않아도 되었다. 씩씩하고 의젓할 필요가 없었다.

코다들과 내가 어떻게 같고 다를지 궁금했다. 이들과 함께라면 내가 누구인지 발견할 수 있을 것 같았다. 모임을 주기적으로 갖기로 했다. 모여야만 하는 이유는 분명했다. 같으면서도 다른 이야기를 통해 우리가 누구인지를 발견해야 했다. 농사회와 청사회를 오가며 자란 코다의 이야기를 해야 했다.

코다코리아의 시작

우리는 종종 만났다. 가볍게 커피 한잔을 하기도 하고 어떤 날은 저녁을 먹으며 쌓아두었던 이야기를 했다. 서로 바빠 얼굴을 보지 못하면 길고 긴 통화를 했다.

"오늘 장애인의 날이었는데 온갖 미디어에서 하도 장애인, 장애인 하면서 유난 떨어서 더 괴로웠어. 왜 이럴 때만 장애인을 찾는 거야?"

농인 부모에게도 청인 친구에게도 하기 어려운 이야기였다. 언니는 수화기 너머에서 고개를 끄덕였다. 코다를 만나면 좋은 점은 수어와 음성언어, 두 가지 언어를 동시에 사용할 수 있다는 거였다. 나는 입으로 말하다가도 손으로 말했다. 음성언어가 편했지만 모어인 수어의 방식으로 생각하는 일이 잦았다. 농인 부모처럼 이미지로 기억했고 수어로 발화했다. 그러나 음성언어를 사용하는 사람들 사이에서는 그렇게 행동할 수 없다. 길을 걷다가도 팔을 들어 이리저리 흔들며 수어로 노래를 부르고 종종 손으로 혼잣말을 한다고 말할 수 없다. 코다들은 내가 어떤 수어를 하고 있는지 단번에 알아챘다. '가능하다'라는 수어를 할 때 '파'라는 발음을 하는 입 모양이 자연스럽게 따라오는 이유*를 설명하지 않아도 되었다.

우리는 우리의 모임을 코다코리아CODA KOREA로 부르기로 했다. 한국 코다들의 첫 커뮤니티였다. 향후 어떤 형태의 모임이 될지는 알 수 없어도 더 많은 코다가 모일 수 있는 공간이 되었으면 했다. 타인이 정의하는 코다가 아닌, 코다 스스로가 말하는 코다의 이야기를 해보기로 했다.

모임을 하면 할수록 코다는 비슷한 경험을 하지만 동시에 너무나도 다르다는 걸 알게 되었다. 코다 정체성을 긍정적으로 확립한 사람도 있지만 과도기에 놓인 이도 있고 코다로 태어난 것을 부정하는 코다도 있었다. 수어를 사용하는 농인 부모로부터 수어를 배워 모어로서 수어를 구사하는 코다도 있지만, 그렇지 않은 이도 있었다. 홈사인**을 사용하는 부모에게서 자란 경

---

* 국립국어원의 지원을 받아 수행된 연구 「한국수어의 마우스 제스처」(이현화·원성옥·허일·홍성은, 2016)에 따르면 수어에는 손 이외의 언어 구성 요소가 존재하는데 얼굴 표정이나 머리와 어깨의 움직임 등이 그에 해당된다. 이중 입 움직임은 매우 중요하다. '가능하다'라는 수어는 손동작 말고도 다물었던 입술을 벌리며 '파'라고 발음할 때의 입 모양을 만들어야 완성된다. 마우스 제스처만으로 의미가 전달되기도 한다.

** 주로 가족이나 가까운 사람들 사이에서 사용하면서 굳은 비공식적 기호를 말한다.

우에는 공식 수어가 아닌 홈사인을 사용했다. 농학교, 농교회 등의 농인 커뮤니티에 소속된 적이 없어 수어를 배우지 못한 농인 부모에게서 자란 자녀는 수어를 구사하지 못하기도 했다.

알면 알수록 코다가 무엇인지 정의하기 어려웠다. 앞으로 무슨 활동을 해나가며 어떤 담론을 만들어낼지 고민했다. 모임의 목적과 방향성도 정해야 했다. 코다에 대해 몰라도 너무 몰랐다. 코다의 사전적인 정의는 '농인 부모의 자녀'이지만 어떤 유형과 특성을 지닌 코다가 있는지, CODA라는 영어 단어를 한국어 단어로 변환하여 사용할 수 있을지, 미국 코다와 아시아 코다, 한국 코다는 어떻게 다른지 설명할 수 없었다. 미국, 유럽 등의 서구 국가에서는 코다와 관련한 연구를 찾아볼 수 있었지만 한국에는 없었다.[*] 허허벌판에 홀로 선 느낌이었다. '농' 자체를 문화로 인식하지 않는 사회에서 코다는 장애인의 자녀로만 인식되었다.

직접 찾아야 했다. 어느 나라의 어떤 사례를 참고로 해야 할지 알 수 없었지만 일단 코다를 만나보기로 했다. 지금까지 '코다라서 이런 경험을 했다' '코다라서 어렵고 힘들었다'라는 이야기를 해왔다면 이제는 코다가 무엇이고 누구인지 말할 수 있어야 했다.

---

[*] 2021년 12월 현재 한국교육학술정보원(RISS)의 국내학술논문 코다 관련 자료는 6건, 이중 5건은 농인 부모의 양육에 초점을 두고 있다. 코다를 직접 다루는 논문은 1건(2019)뿐이다.

배리어 프리

영화 〈반짝이는 박수 소리〉는 코다의 시선으로 바라보는 농인과 코다의 세상을 다룬 작품이다. 영화의 주언어는 한국수어이며 수어를 모르는 관객을 위한 한글 자막이 제공된다. 청인을 주요 관객으로 설정한 영화였지만 종종 농인 관객이 찾아왔다.

농인은 극장과 그리 친하지 않다. 농인 부모에게서 나고 자란 나는 유년 시절 극장에 영화를 보러 간 기억이 별로 없다. 지금은 영화를 만드는 일을 하기에 "어렸을 때 어떤 영화를 보며 자랐느냐"는 질문을 받곤 하는데 그럴 때마다 정말이지 난감하다. 부모와 영화관에 간 적이 없기 때문이다.

극장에서 상영되는 한국 영화 대부분은 한글 자막을 제공하지 않는다. 그렇기에 농인은 아무 영화나 골라 관람할 수 없다.

그럴 때는 외국 영화를 고른다. 한글 자막이 있어 내용을 이해할 수 있기 때문이다. 그러나 자막이 있다고 해서 청인과 동일한 정보를 제공받을 수 있는 것은 아니다. 농인은 소리 정보에서 철저히 배제된다. 청인 중심으로 만들어진 자막으로는 영화 속에서 어떤 비장한 음악이 깔리고 무슨 효과음이 사용되는지 같은 정보들을 파악할 수 없다.

코다가 만든 영화가 개봉했다는 소식이 농사회 안에서 제법 큰 화제가 되었다. 몇몇 농인들이 소문을 듣고 영화를 보러 왔다. 농인이 극장의 관객으로 등장하자 숨어 있던 문제가 드러났다. 시청각 매체인 영화라는 콘텐츠를 제공하는 극장이 과연 농인 친화적인 공간일 수 있는지, 극장에서 제공하는 행사에 농인이 참여할 수 있는지 같은 농접근성 문제를 우리는 어떻게 해결할 수 있을지 말이다.

반복되는 선한 질문들

영화를 상영할 때마다 농인과 농문화, 코다의 위치와 관점에 대해 이야기할 수 있는 기회가 주어져 기뻤지만 한편으로 지치기도 했다. 분명 나는 영화를 만드는 사람인데 어쩐지 보호자이자 사회복지사가 된 것 같은 기분이 들었다. 장애가 아닌 장애

해방과 다양성에 대한 영화를 만들었어도 이를 단순히 장애 영화로만 읽어내는 비장애인 중심 사회에서는 매번 장애에 대해 설명하고 농접근권에 대해 요구해야 하는 일들이 이어졌다.

언론도 마찬가지였다. '내 이름은 '코다', 세상의 때 덜 묻은 외계인' '장애인 가정이 얼마나 반짝이는지 보여줄게요' 같은 제목으로 영화 개봉 관련 인터뷰 기사가 보도되었다. 영화는 2015년 4월 20일 장애인의 날에 맞춰 개봉되었다. 장애인의 날이 되면 언론사마다 특집 기사를 내고 관련 보도를 하기에 시기에 맞춰 개봉하면 한 번이라도 더 미디어에 노출될 것이라는 배급사의 전략적 판단이었다. 실제로 영화는 장애인의 날에 맞춰 적극적으로 호명되었다. KBS1TV에서 방영되는 장수 프로그램 〈아침마당〉에서도 섭외 요청이 들어와 온 가족과 함께 출연했다. 장애를 이겨내고 역경을 극복하여 이런 영화를 만들게 되었다는 유의 이야기를 하지 않기 위해 노력했지만 영화의 예술적인 면보다 '장애와 효'에 초점이 맞춰지는 건 어쩔 수 없었다. 내키지 않았지만 홍보를 위해 타협해야 했다. '본격 장애 역경 극복 영화라고 생각하고 펑펑 울 준비를 하며 손수건을 들고 영화관에 갔지만 정작 유쾌하게 웃고만 나왔다'는 어떤 관객의 후기처럼 그 기회를 영리하게 활용하고 싶었다.

그러나 사람들이 비장애인 중심 시각으로 말할 때마다 힘이 빠졌다. "수어를 사용하는 사람들의 세계는 역시 아름답고 순

수하군요.” "농인을 도와주려면 어떻게 해야 할까요?” "장애인도 '정상인'과 같다는 걸 처음 알았어요” 같은 질문과 감상을 접할 때마다 이 영화는 장애 영화가 아닌 다른 문화와 언어에 관한 작품임을 피력했지만 같은 상황이 반복되었다. 문제는 이런 이야기들에 나쁜 의도는 없다는 거였다. 장애를 비하하거나 깔보는 이들에게는 목소리 높여 그 생각과 발언이 얼마나 차별적인지 비판할 수 있지만, 대부분의 사람들은 선량하게 물었다. 장애를 잘 몰라서, 장애인을 한 번도 만나보지 못해서, 비장애인 중심 사회에 대해 한 번도 생각해보지 못해서 하는 질문이었다. 농인이 얼마나 안 들리는지, 왜 안 들리는 건지, 들리지 않기에 어떤 문제가 있는지, 코다는 왜 들을 수 있는지, 코다는 어떤 경험을 하는지, 농인에게 문자통역이 아닌 수어통역을 제공해야 하는 이유는 무엇인지, 불평등을 해결하고 평등한 세상을 만들기 위해서는 어떻게 해야 하는지 같은 근본적이고 기초적인 질문을 해왔다. 질문에 답하는 과정은 관점을 바꿔보고 그에 따른 새로운 사유를 해나가는 과정이기도 했지만 쉽게 바뀌지 않는 사회에 대한 무력함을 숨기고 같은 대답을 하고 또 해야 하는 순간이기도 했다.

수어를 배우지 않은 사람들 속에서 필요한 통역을 하다가, 농인을 잘 모르는 사람들의 무신경한 말을 고쳐주다가, 착한 질문 속의 날 선 고정관념을 들여다보며 생각한다. 나는 언제쯤

장애 부모의 대변인이 아닌, 다른 언어와 문화에 대한 이야기를 하는 작업자가 될 수 있을까. 그렇게 되려면 무엇을 먼저 해야 하는 걸까.

수어는 대한민국 공식 언어다

음악을 하는 동료 예술가가 수어통역사와 함께 공연을 했다며 동영상 하나를 올렸다. 통역사의 표정이 생생하고 좋았다는 말에 반가운 마음으로 시청했지만 공유할 수 없었다. 수어통역이 형편없었기 때문이다.

2015년 12월 31일 농인의 언어인 한국수어를 고유한 공용어로 인정하고 한국수어 보급·발전의 기반을 마련하는 '한국수화언어법'이 국회 본회의를 통과했다. 2016년 2월 3일 한국수화언어법(한국수어법)이 제정되었다. 그에 따라 수어에 대한 연구 및 수어통역에 대한 예산이 편성되었고 사회적으로 수어에 대한 관심이 높아졌다.

정점을 찍은 것은 2020년 2월 코로나19 확산 이후였다. 모두가 '코로나19 브리핑'을 숨죽여 기다렸다. 대다수의 사람들이 두꺼운 마스크를 쓰고 말하는 것조차 꺼릴 때, 수어통역사는 마스크를 벗었다. 수어에서 절반 이상의 의미를 차지하는 얼굴 표정을 정확하게 전달하기 위해서였다. 농인의 알권리를 위해 감염 위험을 무릅쓴 통역사의 헌신에 세간의 이목이 쏠렸다. 그동안 뉴스 화면 하단에 작게 존재하던 수어통역사가 화자 옆에 등장하면서 존재감을 더했다. 여러 차례의 문제 제기 끝에 방송사들이 수어통역사를 화면에 잡기 시작한 것도 한몫했다.

각종 매체에 수어통역사가 등장하면서 수어에 대한 사회적 인지도가 높아졌다. 그에 따라 일상생활에서 수어통역을 자주 볼 수 있게 되었다. 코로나19 사태가 장기화되자 각종 행사가 온라인으로 전환되었고, 인터넷과 전자 기기만 있으면 어디서든 참여할 수 있게 되었다. 몇몇 주관 단체가 농접근성을 염두에 두고 수어·문자통역을 도입했다. 기술적으로 통역을 원활하게 제공하는 데 성공하자 이를 롤모델 삼아 여러 기관에서 수어통역과 문자통역을 제공했다. 모두가 참여할 수 있는 행사의 기준을 높였다. 장애 당사자를 비롯해 차별 없는 권리 보장을 위해 싸워왔던 이들 덕분이다. 장애를 다루는 콘텐츠가 적극적으로 등장하기 시작한 것도 다양성에 대한 관심을 높였다. 2020년 장혜영 국회의원이 대표 발의한 '포괄적 차별금지법'은 다양성에 대한 사회적 기준을 정책적으로 높일 것을 제시했다.

그러나 수어통역의 질은 천차만별이다. 수어통역을 제공하기는 하지만 어떤 것이 질 높은 통역인지, 어떤 형식과 구성으로 통역을 제공해야 하는지 한국 사회는 제대로 논의한 적이 없다. 청인 중심의 세상에서 수어통역은 종종 들러리 혹은 장식처럼 기능한다. 통역의 질이 현저히 떨어지기도 하고, 수어통역 영상의 크기가 작아 전달이 제대로 되지 않는 경우도 생긴다. 내용을 잘 전달하기 위해서는 수어통역사가 화자 옆에서 통역을 해야 한다. 화자가 2명이라면 누가 언제 말하는지 파악하기 위해 2명의 통역사를 세워야 한다. 화자가 4명이라면 4명의 통역사가 있어야 한다. 동시통역은 집중력이 쉽게 떨어지기에 이 30분 간격으로 통역사를 교체해야 한다. 이처럼 통역의 질을 유지하기 위해서는 통역을 어떻게 할 것인지 세세한 기획 과정이 수반되어야 한다.

무엇보다 질 높은 통역을 할 수 있는 수어통역사가 필요하다. 그러나 수어를 사용하는 인구수에 비해 자격증을 취득한 수어통역사는 많지 않다. 또한 한국의 수어통역사 자격증은 단일 종류로 통역 수준을 가늠하는 데 한계가 있다. 의료·법률과 같은 전문 지식과 실력을 필요로 하는 전문 영역에 대한 자격증도 없다. 수어통역사의 수 자체가 많지 않아 자격증 체계를 치밀하게 설계하여 수어통역의 질을 높여야 한다고 말하기도 어렵다. 농인 당사자가 직접 통역의 질에 대해 문제를 제기하고 더 나은 통역을 요구한다면 좋겠지만 농인의 언어는 통역을 필요로 한다. 한국 사회에서 농인은 문제를 제기하고 시정할 수 있는 사회적 위치에 서 있지도 않다.

코다 프라이드

엄마가 통역을 부탁했다. 이모가 아프다는데 전화를 걸어 안부를 물어달라는 거였다. 어른이 되면 이런 일로부터 졸업할 수 있을 줄 알았다. 농인 부모 대신 전화를 걸어 궁금한 것을 묻고, 수어와 농인의 세계를 설명하는 일에는 기한이 있는 줄 알았다.

코다에게는 생애주기별로 겪게 되는 경험이 있다. 수어와 음성언어를 동시에 접하는 유아기, 부모와 함께 살며 전담 수어통역사이자 보호자가 되어야 하는 상황에서 정체성의 혼란을 겪는 청소년 시기, 원가족으로부터 독립하고 자신의 가족을 이루게 되는 청년기, 나이들어가는 부모를 보살펴야 하는 장년기, 자신에게 수어와 농문화를 가르쳐준 부모를 여의게 되는 시기까지 연령, 인종, 민족, 국적, 성적 지향 및 성별 정체성, 직업, 장애 여부에 따라 비슷하고도 다른 코다의 경험이 존재한다.

코다 자긍심을 갖게 되기까지

코다코리아를 만든 우리는 코다 담론을 적극적으로 만들어내고 네트워킹을 하며 미래 세대 코다를 지원하고 싶었다. 어떤 것을 먼저 해야 하나 고민하다 외국의 사례를 조사해보기로 했다. 신기하게도, 혹은 너무나 당연하게도 한국 바깥에도 코다 모임이 있었다. 농문화의 천국이라 불리는 미국은 물론이고 유럽, 일본, 홍콩과 같은 아시아 국가에도 코다라는 이름으로 모인 크고 작은 모임이 존재했다. 미국에서는 코다인터내셔널^{CODA}International이라는 비영리단체를 중심으로 전 세계 코다들이 모이는 코다국제콘퍼런스가 매해 열리기도 했다. 미국에서 만들어진 단체이지만 세계 각국의 코다 단체들과 연계하여 미국 바깥에서도 콘퍼런스를 주최했다. 유럽 대륙의 영국, 프랑스, 독일 등의 국가에도 코다 단체 및 모임이 있었다.

궁금했다. 코다 정체성을 가지고 모인 이들은 어떤 활동을 하며 어떤 담론을 만드는지 알고 싶었다. 우리는 2016년 영국과 아일랜드의 코다 단체 코다 영국-아일랜드^{CODA UK&Ireland}가 주최하는 청소년 여름 캠프에 방문하기로 했다.

영국의 수도 런던에서 기차로 한 시간 남짓 떨어진 그랜섬 Grantham에서 열린 3박4일간의 코다 캠프에는 청소년 코다 84명과 성인 코다 자원활동가 20명이 참가했다. 정말이지 엄청난 경험이었다. 백여 명 남짓한 이 모든 사람들이 코다라는 게 놀라웠다. 코다로서의 경험과 정체성은 저마다 다르겠지만 이렇게 많은 코다가 한곳에 모일 수 있다는 데 감탄했다. 초등학생부터 고등학생까지 다양한 연령대의 코다들이 캠프 기간에 함께 밥을 먹고, 야외활동을 하고, 대화를 나누고, 산책을 하고, 잠을 자고, 춤을 추면서 코다의 경험을 나눴다.

한 자원활동가가 코다라서 좋은 점이 무엇인지 묻자 너도나도 목소리 높여 대답했다.

"듣고 싶은 음악을 크게 들어도 상관없는 거요!"

"부모님 몰래 조용히 집밖에 나갈 수 있다는 거?"

그럼 코다라서 어려웠던 점은 무엇이냐고 묻자 다들 잠깐 고민하다 입을 열었다.

"부모님과 함께 수어를 모르는 청인을 만날 때면 통역을 해야 하는데, 나는 그저 통역할 뿐인데 사람들이 불쌍하게 쳐다보는 거요."

한국과 멀리 떨어진 이곳에서 자란 코다의 경험이 이렇게도 같다니. 놀라움과 신기한 감정이 오갔다. 상상해보았다. 만약 나도 이렇게 코다들과 캠프장에서 뛰놀며 성장할 수 있었다면 어땠을까. '장애 자녀 캠프' '농부모 자녀 캠프' 같은 것 말고 '코다'라는 이름으로 코다들을 만나며 자랄 수 있었다면 내 삶은 어떻게 달라졌을까. 캠프파이어 시간에 부모님에게 보내는 편지 같은 걸 읽게 하면서 펑펑 울게 하는 경험 말고, 동정과 연민과 불쌍함과 안타까움이 넘쳐흐르는 그런 시간들 말고.

사실 나는 좀 영악했다. 농인과 코다에 대한 비장애인 중심의 편견과 선입견을 종종 이용했다. 학교에서 부모에게 보내는 편지를 쓰게 하면 적극적으로 동정과 연민이라는 감정을 불러왔다. 장애가 있음에도 불구하고 그 누구보다 나를 '정상적'으로 기르려 노력했던 부모에게 감사하다고 말하며 교실을 울음 바다로 만들었다. 나는 편지를 읽으며 그럼에도 불구하고 대견하게 자란 나의 모습에 취해 눈물을 흘렸고, 비장애인 친구들은 내가 안쓰럽고 불쌍하다며 울었다. 어른들은 "그동안 정말 힘들었겠구나. 선생님은 보라가 정말 자랑스럽단다" 같은 말을 하며 손수건을 꺼냈다. 그러나 선생님은 수업을 파하는 종소리가 울리자 별말 없이 교실을 떠났다. 아니, 모두를 울게 하려고 편지까지 쓰고 주인공으로서 눈물까지 흘렸는데 피날레를 장식해야 하는 선생님이 이렇게 가버린다고? 황당한 표정으로 앉아 있는 내게 친구들은 감동적인 편지였다며 대단하다고 추켜세웠다.

하지만 코다 캠프에서는 그런 편지를 쓰지 않아도, 읽지 않아도 된다. 울 필요도 없다. 아니, 울고 싶다면 울어도 되지만 별로 울고 싶지 않을지도 모른다. 모두가 다 같은 경험을 하니까. 나만 불쌍하고 안타까운 게 아니니까. 농인 부모와 함께하는 경험은 때로는 슬프고 아프기도 하지만 유쾌하고 웃기기도 하니까. 코다들과 함께라면 비장애인 중심으로만 생각하는 청인들을 욕할 수도 있고, 내 처지를 몰라주는 농인 부모에 대한 푸념을 늘어놓을 수도 있으니까. 그렇게 말해도 어째서 청인과 농인에 대해 못된 말을 하느냐고 도덕적으로 판단하는 사람은 없으니까. 여기는 '나'라는 존재를 온전히 이해하는 코다만의 공간이니까.

나를 온전히 이해하는 존재

무엇보다 좋았던 건 코다로서의 정체성을 발견하고 재인식하는 경험을 한국 코다들과 함께할 수 있었다는 점이다. 특히 코다코리아를 함께 만들고 지금은 수어를 연구하는 언어학 연구자로서 공부하며 국립국어원에서 수어 정책을 담당하는 주무관인 코다 이현화와 함께할 수 있다는 것이 그랬다. 현화 언니의 이야기는 정말이지 나와 비슷했다. 수어를 사용하는 농인 부모에게서 나고 자라 수화언어를 모어로 습득하고 모국어로는 한국어를 배웠다는 점, 경제적으로 넉넉지 않아 어렸을 때부터 부모의 장애와 계급에 따른 차별을 겪어야 했다는 점, 맏이로서 부모와 동생의 보호자이자 통역사가 되어 궂은일을 도맡아야 했다는 점, 한국 사회 여성 코다로서의 경험들이 그랬다.

우리는 런던의 한 공원에 누워 쉴새없이 서로의 경험을 떠올렸다. 열차의 비어 있는 자리에 얼굴을 마주보고 앉아 수어로 대화하기도 하고, 거리를 걸으며 수어와 음성언어를 섞어가며 이야기했다. 코다이기에 이런 감정을 느끼고 생각한다고 구구절절 설명할 필요가 없었다.

언니를 처음 만났던 행사에서 그는 자신의 모어인 수어로 유년 시절의 기억을 들려주었다.

엄마, 아빠는 호떡 장사를 했습니다. 저는 아빠가 좋아서 호떡 장사하는 곳에 따라가곤 했습니다. 하루에 얼마나 호떡을 많이 파는지, 또 얼마나 많이 버는지 궁금하기도 했고요. 그때 단속반이 나와 장사를 못하게 했습니다. 낯선 사람이 와서 호떡 장사 리어카를 뺏어가려고 했을 때 엄마 아빠가 몸부림치던 모습을 잊을 수 없습니다. 수레를 뺏기고 또 찾아오고 하는 과정을 보면서 엄마 아빠는 왜 저런 사람들이랑 다툴까? 다른 사람들도 저렇게 수레를 뺏기고 찾아오고 뺏기고 또 찾아오고 그렇게 생활하겠지, 하고 생각했어요. 초등학생도 되기 전에요. 이현화 호떡 장사를 하는 부모님을 따라 그곳에서 장사하는 모습을 지켜보기도 하고 함께 장사를 했던 모습이 꼭 내 이야기 같았다. 현화 언니의 이야기를 들으며 알게 되었다. 엄마와 아빠가 어떻게 호떡 장사를 하게 되었는지, 농인들은 왜 다들 기름 없는 호떡을 파는 것인지.

농인은 특수교육의 한계로 유년기에 문자언어를 제대로 습득하지 못해 책은 물론이고 신문도 제대로 읽기 어려워한다. 스마트폰 사용 등을 통해 어렸을 때부터 메시지를 주고받으며 단문을 읽고 쓰는 일에 익숙한 젊은 농인들은 상황이 좀 다르다. 나의 부모님이나 현화 언니의 부모님 같은 세대의 농인은 얻을 수 있는 정보의 폭이 상당히 제한적이다. 청인은 길을 걷다가도 지나가는 사람들이 무슨 대화를 하는지 들을 수 있다. 열차 소리, 차 지나가는 소리 등을 통해 시야 바깥의 일들을 알아챈다. 그런 모든 소리 정보에서 농인은 제외된다. 물론 농인은 청인보다 상대적으로 더 넓은 시야를 볼 수 있고 눈치도 더 빠르다.

어릴 때는 TV방송에서 수어통역은 물론이고 한글 자막도 제공되지 않았다. 오죽하면 어렸을 때 일기장에 "돈을 많이 벌면 부모님께 꼭 TV 자막수신기를 사드리고 싶다"고 썼을까. 그런 상황에서 농인들은 농사회에서 수어로 전달되는 정보에 의존하게 된다. 호떡과 풀빵 등을 구워 파는 노점 장사는 청인들과 말이 통하지 않아도, 자본금이 많지 않아도 쉽게 시작할 수 있는 일 중 하나였던 것이다.

나와 같고도 다른 존재

현화 언니와 나는 동생을 둔 맏이이자 여성, 코다라는 점이 비슷했다. 소위 말해 'K-장녀'이자 '코다'였던 것이다.

초등학교 2학년 때였던 것 같아요. 학부모 상담이 있었어요. 다른 친구들 부모님도 모두 오셨고 우리 부모님도 오셨죠. 물론 제가 엄마 옆에 앉아서 통역을 했어요. "현화는 정말 착해요"라고 선생님이 이야기했어요. 그런데 갑자기 이유 없이 눈물이 났습니다. 왜 우는지도 모른 채 눈물이 났어요. 나중에서야 이유를 알게 되었는데요. 다른 부모님들은 선생님이랑 아무런 문제 없이 이야기하는데 우리 엄마는 내가 통역을 해야 하는구나, 하고 다름을 알게 되었던 것 같아요. 이현화

그건 나도 마찬가지였다. 부모님이 농인이라는 이유로 놀림을 당했던 동생이 온몸에 멍이 들어 집으로 돌아오자 화가 난 엄마는 당장 나를 앞장세워 학교로 찾아갔다. 흥분한 엄마와 무

슨 일인지 상황을 파악하지 못한 선생님 사이에서 나는 통역사가 되어야 할지, 동생의 누나가 되어 화를 내야 할지, 4학년 1반의 보라로서 창피한 표정을 지어야 할지 난감했다.

언니의 이야기는 나와 비슷하기도 했지만 조금 다르기도 했다.

초등학교 4학년 때였던 것 같아요. 엄마가 한번은 몹시 화를 냈어요. 엄마가 갑자기 "대구"라고 하는 거예요. 나는 영문도 모른 채 대구에 가는 기차를 탔어요. 엄마의 표정은 평소와는 몹시 달랐어요. 기차를 타고 대구에 도착하니까 "택시" 하고 수어를 해요. 택시를 타고 어느 결혼식장에 갔어요.

식장 앞에서 신랑이 인사를 하고 있는데 엄마가 엄청 화가 난 표정을 지으면서 "네 아빠가 400만 원을 빌려갔는데 아직까지 안 갚고! 현화, 어서 통역해. 왜 안 해?"라고 하시는 거예요. 저는 결혼식장에서 "당신 아버지가 사고로 돌아가시기 전에 빌린 그 돈을 왜 안 갚으시는 거예요?"라고 이야기해야 했습니다. 저는 왜 갑자기 엄마가 그런 말씀을 하시는지, 왜 갑자기 우리가 400만 원을 받아야 하고, 왜 그의 결혼식장에서 멱살을 잡고 이렇게 해야 하는지 도저히 이해가 가지 않았어요.

"엄마 하지 마. 여기 결혼식인데 그러지 말자." 나는 도망가고 싶었지만 이미 신랑의 멱살을 잡고 있는 엄마의 손을 떼놓을 수는 없었어요. 다시 서울로 돌아오는 기차 안에서 엄마는 그제야 자초지종을 설명해줬어요. 그런 상황들이 저에게는 자주 반복되었는데 그게 저에게 상처로 남은 것 같아요.

어렸을 때는 농인들이 왜 그렇게 서로 돈을 안 갚느냐며 치고받고 싸우는지 몰랐어요. 그런 모습이 너무 싫었는데 나중에 자라서야 알게 되었어요. 농인들은 은행에 가서 돈을 빌릴 수 있는 환경이 아니었어요. 하루 일당을 벌어 생활을 했고, 4대 보험에 가입되지 않는 일을 주로 하기 때문에 은행 거래가 쉽지 않았어요. 그래서 친구들끼리 돈을 빌리는구나, 라고 나중에야 이해하게 됐죠. 이현화

그 역시 자신을 둘러싼 환경을 이해할 수 없는 어린 시절을 보냈다. 가난해서 그런 거라고, 부모님이 못 배워서 그런 거라고, 농인은 어딘가 이상한 구석이 있어서라고만 생각했다. 그 일들이 왜 어떻게 생겼는지, 농인은 왜 그런 사회적·경제적 환경에 처할 수밖에 없는지, 알게 된 건 한참이 지나서의 일이다.

누군가 저에게 처음으로 "쟤는 코다야"라고 했을 때 무척 기분이 나빴어요. 그 단어가 뭔지도 몰랐지만, 저를 욕하는 것 같았어요. 코다? 어감이 썩 좋지도 않았죠. 농부모의 자녀를 코다라고 한다고? 왜 나를 청인이라고 부르지 않고 코다라고 부

를까? 그러다가 코다라는 말에 특별한 의미가 있을 거라고 생각했어요. 뭔가 중요한 의미가 있고 중요하기 때문에 나를 그렇게 부르는구나, 하고요. 나의 부모님이 농인이고 농인은 농인의 특성이 있다는 것을 이해하면서 저는 많이 변했습니다. 예전에는 농인이 정말 싫은 존재였다면, 이제는 수어가 좋고 농사회가 오히려 편해요. 그들로부터 많은 힘을 받고요. 그래서 지금의 제가 있다고 생각해요. 이현화

농인과 농사회가 싫어서 최대한 멀리 도망가려고 했던 그는 코다 정체성을 갖고 수어를 연구하는 언어학자가 되었다. '코다'가 무슨 말인지 잘 몰랐던 우리는 코다라는 우산 아래 모인 사람들과 공통의 경험을 나누었다. 코다의 시선으로 바라보았다. 서로에게 없어서는 안 될 존재가 되었다.

사이에서 세상을
바라보는 일

농인 가족과 함께 지내며 소리를 들을 수 없는 가족과 세상을 연결하는 코다 루비가 자신의 음악적 재능을 발견하며 벌어지는 일들을 그린 영화 〈코다〉(2021)가 2022년 제94회 미국 아카데미 시상식에서 작품상, 각색상, 남우조연상을 수상했다. 한국에서는 2021년 아카데미 여우조연상을 수상한 배우 윤여정이 남우조연상의 시상자로 무대에 올라 화제가 되었다. 윤여정은 시상식에서 자신의 이름이 잘못 발음된 것에 대해 불평했는데 시상자가 되어 후보자들의 이름을 보니 발음이 쉽지 않다는 걸 깨달았다며 사과한다는 위트 있는 말과 함께 후보자들을 호명했다. 카드를 꺼내 수상자의 이름을 확인한 후 엄지과 약지를 펴서 좌우로 흔들었다. Y라는 지문자였다. 전 세계에서 공통으로 사용되는 '사랑해(I LOVE YOU)'라는 수어에서 검지를 펴지 않은 동작이기도 했다. 그러고 나서 윤여정은 배우 트로이 코처의 이름을 음성언어로 호명했다. 통역에 걸리는 시간 때문에 트로이 코처는 다른 사람들보다 조금 늦게 자신이 수상했음을 알았다. 자리에서 일어섰다. 사람들은 두 팔을 들어 '반짝이는 박수 소리'로 축하와 환호의 갈채를 만들었다.

수상 소감을 말할 차례였다. 트로이 코처가 마이크 앞에 섰으나, 사실 마이크가 필요하지 않았다. 손을 움직여 말해야 하는 트로이 코처가 트로피를 어디에 두어야 할지 고민하자 윤여정은 트로피를 뺏었다. 다름을 눈치채고 그가 자신의 언어로 말할 수 있게 도왔다. 트로이 코처의 수상 소감은 무대 뒤의 수어 통역사를 통해 음성언어로 동시통역되었다. 음성언어를 사용하는 청인 중심의 미국 아카데미에서 수어 사용자인 트로이 코처와 한국어 사용자인 윤여정이 나란히 서 있는 장면은 농인의 자녀이자 한국인이라는 정체성을 지닌 내게 정말이지 멋진 장면이었다.

청인 윤여정 옆의 농인 트로이 코처 옆의, 코다

그러나 한국의 언론은 '청각장애인 배우를 위해 수어로 시상한 품격 있는 한국인 윤여정'에게만 주목했다. 트로이 코처는 아카데미 역사상 두번째로 수상한 농인 배우였지만 그저 수어 통역이 필요한 장애인이 되었다. 이는 30년 넘게 농연극계에서 연기를 해온 그의 쾌거를 가리는 일이자, 비장애인 중심 사회가 누구의 서사를 만들고 누구에게만 주목하는지 정확하게 보여주는 사례였다.

영화 〈코다〉에서 주인공 루비의 엄마 재키 역을 맡아 트로이 코처와 생생한 연기를 보여주었고 1987년에 아카데미 역사상 최연소이자 농인 최초로 여우주연상을 수상한 말리 매틀린은 자기 일처럼 기뻐했다. 35년이나 지난 뒤였지만 농인이 아카데미 시상식 무대에 서는 모습을 다시 볼 수 있었기 때문이다. 1987년 말리 매틀린의 수상을 두고 한 평론가는 농인이 농인을 연기하는 것은 연기가 아니라는 혹평을 했다. 말리 매틀린은 청인을 연기하는 청인들이 도처에 있다면서, 이것이 바로 에이블리즘ableism*이자 오디즘audism**이라고 꼬집었다. 이후 말리 매틀린은 다양한 배역을 맡으며 경력을 이어갔다. 영화 〈코다〉의 재키 역으로 캐스팅 제안이 들어오자 말리 매틀린은 아빠 역과 루비의 오빠 역도 농인 배우가 맡아야 한다고 주장했다. 감독과

---

* 비장애중심주의 혹은 장애차별주의.

** 청인이 우월하다고 믿고 농인에게 청인처럼 행동하기를 요구하는 행위.

제작자가 난색을 표하자 말리 매틀린은 자리를 박차고 일어서며 말했다.

"제안은 고맙지만 그럼 난 빠질게요."

그렇게 영화 〈코다〉는 농인 역에 농인 배우를 캐스팅하고 농인 중심의 제작 환경을 만들면서 농인 가족과 함께 살아가는 코다를 생생하게 그린 작품이 되었다. 극장에서 상영할 때도 폐쇄형 자막Closed Caption을 넣음으로써 대사뿐 아니라 다양한 소리 정보를 보고 들을 수 있도록 했다. 미국 역사상 최초로 폐쇄형 자막을 삽입하여 영화를 배급한 사례다. 영화를 기획하고 제작하고 배급하는 과정에서 모두가 배제되지 않는 배리어 프리를 고민하고 실천한 것이다.

그러나 한국에서는 이 모든 것은 가려지고 오로지 '한국인 윤여정'에게만 스포트라이트가 쏟아졌다. 한국에서는 언제 장애인 배우가 두각을 드러낼 수 있을지, 그런 제작 환경은 어떻게 만들 수 있을지에 대한 논의는 없었다. 윤여정은 수어를 사용하지 않았지만 손을 움직였다는 이유 하나로 품격 있고 자랑스러운 한국인이 되었고 비장애인 중심 사회는 그에게만 감정이입했다. 스포트라이트를 받는 청인 윤여정 옆에 가려진 농인 트로이 코처가 있었고, 그 옆에는 코다가 있었다.

누가 코다를 재현하는가

〈코다〉라는 제목의 영화가 개봉한다는 소식이 들려왔을 때부터 미국을 비롯한 세계 곳곳의 코다 커뮤니티는 술렁였다. 농인 배역에 농인을 섭외한다는데 그럼 진짜 코다 배우가 코다 배역을 연기하는 것인지 궁금해했다. 제목이 '코다'이며 코다가 주인공이 되는 영화에서 코다 당사자성을 어떻게 구현할 것인가는 매우 중요한 문제다. 이는 영화 〈코다〉가 한국에서 개봉할 당시 주간지 『씨네21』을 통해 영화감독 션 헤이더와 주연 배우 말리 매틀린과 서신을 주고받을 기회가 있었는데 그때 감독에게 던진 질문* 이기도 했다.

이 영화는 농가정에서 자란 코다의 성장기를 다룬다. 코다는 농인의 자녀를 뜻하기에 농가정이 제대로 재현되는 게 중요하다. 미디어에서의 대상화와 재현의 문제는 오랫동안 큰 화두였다. 특히 장애인을 비롯해 유색인종, 성소수자 등의 사회적 소수자들의 당사자성은 마땅한 배우를 찾을 수 없거나 제작비가 많이 든다는 이유로 후순위로 미뤄져왔다. 농인 역시 마찬가지다. 비장애인 배우가 어색한 수어를 구사하거나 훈련도 없이 입술을 읽는 구화를 함으로써 농인의 경험을 잘못 보여주는 일들

---

* 『씨네21』1322호. 「[코다①]이길보라 감독과 '코다' 션 헤이더 감독이 주고받은 편지」

이 비일비재하다. 그런 상황에서 비장애인인 청인이 제작하고 청인이 감독을 맡은 영화에서 농인 역을 농인이 연기했다는 건 정말이지 큰 변화라 할 수 있다.

특히 영화의 클라이맥스라고 할 수 있는, 루비가 교내 합창단 발표회에서 노래를 부르는 장면이 그렇다. 음악이 고조되고 모두가 루비의 목소리에 귀기울일 때 영화는 발표회를 보러 온 농인 가족을 비춘다. 그 순간 음악은 가차없이 끊긴다. 청각으로 음악을 즐길 수 없는 농인 가족은 자리에 앉아 입을 움직이는 사람들을 보면서 하품을 간신히 참고 저녁은 무얼 먹을지 이야기한다. 감독은 농인의 입장에서 소리를 통한 음악이란 무엇인지 재현한다. 이는 음악 영화라는 장르에서 무척 큰 시도이자 결정이다. 실제로 영화 후반작업을 하던 사운드 디자이너는 난감해하며 어떤 소리라도 넣어야 하지 않겠느냐고 여러 차례 설득했다고 한다. '음악 영화'를 보러 온 관객은 음악을 즐기다 갑자기 소리가 뚝 끊기는 경험을 하며 당황해한다. 그렇게 이 영화는 농인의 감각을 재현한다.

그러나 영화가 세간의 주목을 받으면 받을수록 코다 당사자는 복잡한 감정을 느낀다. '코다'라는 제목으로 코다의 성장기를 다룬 영화의 주인공은 어쩐지 코다가 아닌 것 같기 때문이다. 농인 배역을 농인이 연기했던 것과 다르게 코다 배역은 청인이 맡았다. 그렇다고 감독, 제작자 등의 주요 제작진이 코다인 것도 아니다. 모든 배우가 당사자성을 가지고 연기해야 한다고 말하는 것은 아니다. 그러나 청인이 농인을 연기해온 대상화의 역사 속에서 농인 배역을 농인 배우가 연기하는 것이 당사자성 문제에 있어 적절하다고 여겨졌던 것처럼, 코다 역시 '누가 코다를 재현하는가'라는 문제에서 결코 자유로울 수 없다.

코다의 정체성과 경험은 단일하지 않다. 그러나 코다를 다룬 영화들은 노래를 부르고 싶거나 음악적 재능을 가진 코다가 농인 부모와 갈등을 겪으며 성장하는 이야기를 다룬다. 영화 〈코다〉의 원작인 〈미라클 벨리에〉(2015)도 그렇고, 고전이라 불리는 〈비욘드 사일런스〉(1996)에서도 주인공 라라가 클라리넷을 배우며 소리를 청각으로 감각할 수 없는 농인 부모와 갈등을 겪는다. 소리를 들을 수 없다는 이유로 코다의 음악적 재능을 알아볼 수 없는 농인 부모와의 문제를 영화의 서사로 다룬다. 하지만 모든 코다가 노래를 부르고 싶은 것도 아니고 그로인해 농인 부모와 갈등을 겪지도 않는다. 오히려 코다는 농인을 '농인'으로 바라보지 않는 비장애인 중심 사회와 부딪힐 때 정체성의 혼란을 겪는다. '장애 문제'가 장애인에게 무언가 문제가 있다는 의미의 '장애인의 문제'가 아니라 '장애인과 비장애인 간 관계의 문제'* 인 것처럼 코다 문제는 코다와 농인 부모

---

* 김도현, 『장애학의 도전』, 오월의봄, 2019, 82쪽.

간 관계보다는 코다와 농인 부모를 둘러싼 비장애인 간 관계에서 생긴다.

그래서 어떤 코다는 영화의 제목을 바꾸어야 한다고 주장한다. '코다'보다는 '농인'이거나 혹은 다른 제목이 더 어울린다는 것이다. 물론 〈코다〉라는 하나의 작품이 코다의 다양하고 복잡한 정체성을 모두 대변할 수 없다. 그러나 이 영화가 주목받으면 주목받을수록 코다 당사자는 기쁘지만 동시에 자신의 이름을 빼앗긴 기분이 든다. 농사회와 청사회를 오가며 자랐고 농인과 청인 사이의 끼인 존재인 코다는 농인과 청인이 주목받는 순간을 지켜보며 자신의 정체성에 대한 질문을 던진다.

청인이자 농인의 자녀로서 두 사회를 오가는 것은 장점이 될 때도 있지만 애매한 위치성을 갖게 하는 요인이 되기도 한다. 농인과 청인 양쪽에게 환영받지만 종종 농인에게 "그래도 너는 들을 수 있잖아"라는 말을 듣고 청인에게는 "결국 너는 농인 편이잖아"라는 말을 듣는다. 그게 바로 코다다.

복잡하고 애매하지만 그게 좋아

물론 기쁘다. 영화 〈코다〉의 작품상, 남우조연상, 각색상 수상으로 코다와 농인의 이야기가 세상에 더 많이 알려지기를 바란다. 아카데미 3관왕 수상은 농사회와 청사회가 어떻게 조화롭게 협력하며 협업할 수 있는지 보여주는 사례이자 쾌거다. 그러나 시선을 돌려 한국에서 20년 넘게 지속되어온 '장애인 이동권' 투쟁*과 이를 향한 혐오와 조롱을 바라보면 마음이 복잡해진다.

농인 커뮤니티는 장애인 이동권 투쟁에 함께하지 않는다. 이동을 하는 데 문제가 없는 청각장애를 갖고 있기 때문이다. '장애인'이라고 해서 다 같은 장애를 가진 것도 아니고 각 당사자의 문제와 현안에 따라 다양한 운동이 전개된다. 무엇보다 집회 현장을 비롯한 언론 보도에는 수어·문자통역이 상시 제공되지 않는다. 이는 농인 개개인이 정보를 파악하고 투쟁에 참여하기 어렵게 만든다. 또한 이동권 투쟁의 지형은 급격히 변화하고 있어 때에 맞춰 정보를 파악하기 쉽지 않다. 정보접근권이 보장되지 않는 상황에서 수어사용자인 농인은 시시각각 변하는 정보를 파악하고 이해하는 데 어려움을 겪는다.

그러나 이 문제는 농인과 코다의 것이기도 하다. 장애인 이

---

* 2001년 오이도역에서 장애인 노부부가 장애인용 리프트에서 추락해 숨진 사고로부터 장애인 이동권 투쟁이 시작되었다. 이후 장애인이동권연대는 전국장애인차별철폐연대로 확장해 투쟁을 지속해왔다. 2021년 12월 6일부터 매일 아침 8시 서울 지하철 4호선 혜화역에서 출근길 선전전을 하며 4대 장애인 관련법(장애인권리보장법, 장애인탈시설지원법, 장애인평생교육법, 교통약자이동편의증진법)의 연내 제·개정과 장애인 권리예산 보장을 촉구했다.

동권 투쟁은 장애인도 이동하고 교육받고 노동하며 지역사회에서 살아갈 수 있는 권리를 보장하기 위한 4대 법안을 시행하고 이에 따른 예산을 보장할 것을 요구한다. 농인은 정보접근권을 비롯한 농접근권을 위해 투쟁한다. 수어 사용자도 음성언어 사용자와 동등한 정보를 보장받으며 이동하고 교육받고 노동하며 지역사회에서 살아갈 수 있는 권리를 보장하라고 요구한다. 이는 장애인 이동권과 교육권, 노동권, 탈시설권리를 보장하여 사회에서 함께 살자고 주장하는 장애인 이동권 투쟁과 정확하게 만난다.

2001년부터 시작된 장애인 이동권 시위는 2022년 기준으로 21년째가 된다. 바뀔 때도 되었다. 〈코다〉와 같은 영화를 만들고 아카데미에서 수상하는 자랑스러운 한국인을 보려면 한국에서도 장애인 이동권과 농접근권이 보장되어야 한다. 그렇게 되면 농인과 코다가 자신의 언어인 수어로 연기하고 직접 영화를 만듦으로써 당사자성을 담은 작품이 제작될 테다.

이처럼 장애를 가진 부모에게서 비장애인으로 태어난 코다는 장애인과 비장애인 사이에 서 있다. 비장애인이지만 장애 부모와 함께 살아가며 비슷하고도 같은 경험을 한다. 그러나 장애를 가진 몸을 정확하게 감각할 수는 없다. 농인의 자녀이자 청인인 코다는 농사회와 청사회를 오간다. 농인이자 청인이 되기도 하지만 가끔은 농인도 아니고 청인도 아닌 경험을 한다. 독특하고 특별한 위치에서 세상을 바라본다. 복잡하고 애매하지만 그 누구보다 고유한 교차성의 존재가 바로 코다다.

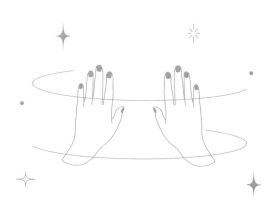

에필로그

엄마의 엄마에게

　태평동 할머니가 돌아가셨다. 예전에 할머니가 내게 했던 말이 떠올랐다.

　"니 엄마 무시하지 마라. 니 엄마, 귀먹기 전까지 얼마나 똑똑했는지 몰라. 어렸을 때 갑자기 열병이 났는데 그때 시골 살아서 큰 병원에 못 데려간 겨. 그래서 이렇게 됐지만서도 니 엄마 지금 이렇게 돈 벌고 사는 거 보면 정말 대단혀. 그러니까 니 엄마 무시하지 말아야 한다, 보라야."

　할머니는 자나 깨나 막내딸, 우리 엄마 걱정이었다. 둘은 전화 통화를 하지도 않았고 문자를 보내지도 않았고 팩스를 보내지도 않았다. 그러나 그들은 내가 봐왔던 사람들 중 그 누구보다 끈끈한 사이였다. 굳이 '말'하지 않아도 서로를 아는 사람들,

눈으로 확인하지 않아도 서로를 굳게 믿는 사람들, 전화 통역을 하는 이가 "잘살고 있대" 하고 고개를 끄덕이면 그것을 고대로 믿고 살아가는 사람들.

할머니는 '니 엄마'로 시작하는 그 문장을 몇 번이고 내게 반복했다. 그건 내가 외갓집에 방문할 때마다 듣는 이야기였고, 엄마 대신 안부 전화를 걸 때도 듣는 것이었다.

그런 할머니가 돌아가셨다. 나는 키르기스스탄 오시라는 곳에서 당신의 부음을 들었다. 할머니는 "보라는 언제 오냐"고 엄마에게 물었다고 한다. 어쩌면 당신은 내게 마지막으로 당부하고 싶었는지도 모른다. 니 엄마 무시하지 말라고. 그러니까 보라 네가 끝까지 엄마한테 잘해야 한다고.

당신은, 얼마나 마음이 미어졌을까. 마지막으로 배 아파 낳은 딸이, 얼굴도 빼어나고 총명한 딸이, 소리를 듣지 못하게 되었다는 사실을 알았을 때. 사람들이 막내딸을 귀머거리라 부르고 벙어리라 불렀을 때 당신은 얼마나 화가 났을까. 국수를 사오랬더니 냉큼 달려가 소주를 사들고 온 딸을 혼내야 할지 웃어야 할지를 얼마나 고민했을까. 막내딸이 아무도 자신의 말을 이해하지 못해 답답한 맘에 가출을 했을 때, 아무 말도 하지 않고 따뜻한 밥을 준비했던 당신은 얼마나 마음이 먹먹했을까.

그런 당신이, 나의 엄마의 엄마인 당신이 돌아가셨다. 그 누구보다 딸의 세계를 사랑하고 걱정했을 당신. 당신이 사용하는 언어와 막내딸의 언어, 손녀의 언어는 너무나 다른 결을 지녔 겠지만, 나는 알고 있다. 당신의 눈빛이 무엇을 의미하는지. 당신이 말없이 지어주는 밥이 어떤 맛인지. 내 손을 꼭 잡고 네 엄마가 장애가 있어도 부끄러워하지 말고 잘살라는 그 말이 어떤 것을 의미하는지. 연애를 시작하면 부모가 장애가 있다는 걸 그쪽에 미리 알려야 한다는 말이 무엇을 의미하는지. 지그시 나를 바라보았던 당신의 표정이 무엇을 의미하는지, 나는 알고 있다.

다음번에 당신을 다시 만나게 되면 꼭 하고 싶은 말이 있다. 내가 만났던 엄마의 세계는 너무나 놀라운 것이었다고. 너무나 견고하고 완전한 것이었다고. 부끄럽고 창피하다고 생각할 때도 있었지만 일련의 경험들이 이번 생을 돌아보게 만들었다고. 세상 사람들은 몰라도 나는 잘 알고 있다고 말이다.

그 누구보다 이생을 가슴 졸이며 살았을, 미어진 가슴으로 이생을 묵묵히 살아냈던 사랑하는 나의 태평동 할머니, 그리고 살아 계신 중리동 할머니에게 이 책을 드린다.

231

반짝이는 박수 소리
ⓒ 이길보라 2022

초판 인쇄 2022년 5월 02일
초판 발행 2022년 5월 13일

지은이 이길보라

책임편집 박영신 | 편집 황수진
디자인 김마리 | 마케팅 정민호 이숙재 한민아 김혜연 박지영 안남영 김수현 정경주
브랜딩 함유지 함근아 김희숙 정승민
제작 강신은 김동욱 임현식 | 제작처 상지사

펴낸곳 (주)문학동네
펴낸이 김소영
출판등록 1993년 10월 22일 제2003-000045호
주소 10881 경기도 파주시 회동길 210
전자우편 editor@munhak.com
대표전화 031) 955-8888 | 팩스 031) 955-8855
문의전화 031) 955-3578(마케팅) 031) 955-2697(편집)
문학동네카페 http://cafe.naver.com/mhdn | 트위터 @munhakdongne
북클럽문학동네 http://bookclubmunhak.com

ISBN 978-89-546-8660-0 03810

www.munhak.com